좋은 꿈

김종완

KB213711

어느 가내수공 독립출판업자의 꿈과 생활.

아침에

아침에 아내는 일어나자마자 엉엉 울었다. 나는 먼저 일어나 있었다. 먼저 일어나서 식탁에서 물을 마시고 있었다. 아내는 쿨쿨 밤새 자다가 아침에 일어나서 엉엉 울었다. 꿈에서, 내가 죽었다고 했다. 내가 멍청하게 죽어버렸다고 했다. 내가 살아있다고 말해도 내가 죽어버렸다면서 엉엉 울었다. 나는 헛웃음이 나왔다. 아내도 울면서 웃었다. 아내의 꿈 때문에, 나는 아침에 죽었으면서 살아있었다. 유령이 된 것 같았다. 유령이 되어서, 나의 어이없는 죽음을 슬퍼하며 엉엉 울고 기가 막혀 헛웃음을 짓는 아내의 모습을 바라보고 있었다. 내가 반년 동안 돈을 모아 사준 소파 위에서 거의 눕다시피 앉아 우는 아내를 보고 소파를 사주길 잘했다는 생각을 했다. 울고 싶은 사람에게는 소파가 필요하겠다는 생각을 했다. 내가 만약 우는 사람을 그림으로 그린다면 그 사람 옆에 꼭 소파도 하나 그려줘야겠다고 생각했다.

나는 언젠가 꼭 죽겠지만, 사실 나는 나이를 먹을 만큼 먹어서 너무 배가 부르게 먹어서 죽을 때가되어서 죽는 생각만 막연하게 했다. 내가 죽을 수 있는 가장 당연한 모습으로 죽는 예상만을 했다. 하지만 아내의 꿈속에서 나는 지하철 선로로 뛰어들었다고 한다. 기차가 오지 않을 거라면서. 이쪽으로 가면 된다면서. 아내가 말릴 틈도 없이 나는 가버렸다. 그리고 곧 기차가 왔고, 내가 죽었다.

아내의 꿈속에서.

　가끔 유령이 되면 어떤 기분일까 생각해 본다. 아침에 아내의 우는 모습을 보고 유령의 기분을 조금은 알 것 같았다. 모르긴 몰라도 유령은 자기가 죽었는지 살았는지 알지 못할 것 같다는 생각을 했다. 왜 죽었는지도 모를 것 같다. 아내가 말해주기 전까지 내가 아내의 꿈속에서 어떻게 죽었는지 알지 못했듯이. 죽음이 뭔지도 모를 것 같다. 삶이 어땠는지도 모를 것 같다. 유령은 다만, 그저, 보고 있을 뿐이다. 둥둥 떠다니면서, 엉엉 우는 사람을 보고 있을 뿐이다. 잘 모르겠다.

　나는 아내에게 따뜻한 물을 한 잔 주고, 아침을 만들었다. 양배추를 삶아서 쌀밥과 먹었다. 양배추를 삶아 먹으면 속이 편하다. 아침밥을 먹으니까 다시 사람이 된 것 같았다. 유령은 먹을 수도 없으니 편할 속도 없을 것이다. 그저 텅 비어서는, 보고 있는 것이다. 그렇게 생각하니까 만약 누구 인지는 모르겠지만 어떤 유령이 나를 보고 있다고 해도 별로 신경 쓰지 않아도 될 것 같다. 그저 텅 비어서는, 나를 보고 있을 뿐이니까. 나를 보고 어떤 생각을 한다거나 내게 말을 걸고 싶어 한다거나 말을 걸 수 있다거나 하지는 않을 것이다. 보통의 경우에는 그렇지 않을까 싶다. 잘 모르겠다.

우리는 아침을 먹고 그릇을 대충 정리해 놓고 밖으로 나갔다. 미세먼지 없이 공기가 좋았다. 동네 산책을 했다. 정해놓은 곳 없이 마음 가는 대로 돌아다녔다. 공기 좋은 아침에 동네를 돌아다니면서 우리는 누가 먼저 가면 너무 슬프니까, 도원결의를 하듯 한날한시에 함께 세상을 떠나자고 다짐했다가, 다시 취소했다. 아내가 나보다 몇 살 적기 때문에 몇 살 많은 나와 함께 가는 건 공평하지

않다고 했다. 일리가 있는 말이어서 일단 언제 죽
든 죽기 전까지 함께 잘 살자고 했다.

생활의 속도

요즘 내 생활의 속도는 '아주 느림'이다. 성격이 느긋하지 못한 편이라 답답할 때가 많지만 어딘가 고장이 났는지 느릿느릿 움직이며 생활하고 있다. 아무것도 하고 싶지 않지만, 아무래도 그럴 수는 없어서 최대한 느리게, 꼭 하루에 일을 끝마치지 못해도 신경 쓰지 않겠다는 마음으로 생활하고 있다. 성격에 맞게 속도를 올리면 제풀에 지쳐 정말로 아무것도 하지 않게 되기 때문이다.

요즘은 이상하게 쉽게 지친다. 하루도 너무 짧은 것 같고.

완전히 같지는 않지만 할 일을 아주 느리게 하는 것은 아주 조금씩 하는 것과 비슷하다. 요즘 깨달았는데 (깨달았다고 하기에는 왠지 부끄럽지만) 조금씩, 느리게 하면 지치지 않고 계속할 수 있고 그러다 보면 조금씩 속도가 붙기도 해서 오히려 처음부터 속도를 빨리했을 때보다 더 많은 일을 할 수 있다. 전혀 하지 않았을 때보다는 당연히 더 그럴 수 있다. (너무 당연한 말인가?)

아무튼 일을 끝내야 한다는 마음보다 일이 오늘 다 끝나지 않아도 신경 쓰지 않겠다는 마음이 일을 끝내는 데 더 유리하다. 요즘 내 경험에 비추어 보면 그런 것 같다. 사람마다 생각하는 게 다르겠지만.

정말 움직이고 싶지 않은 날에도 내게는 해야 할 일이 있다. 스스로 할 일을 해야 생활을 이어갈 수 있다. 이건 책임감의 문제도 아니고 성실함의 문제도 아니다. 나무가 햇빛을 받기 위해 가지의 방향을 바꾸듯이 생활을 이어가기 위해 나도 해야 할 일이 있는 것이다. 그러니까 지치고 힘들 땐 쉬지 말고 느릿느릿 움직이자. 느릿느릿 할 일을 하자. 주위 사람들이 "그렇게 느리게 할 거면 차라리 쉬고 내일 해!"라고 말해도 신경 쓰지 말자. 높은 가능성으로, 내일도 마찬가지일 것 같으니까. 느릿느릿해도 힘이 들고 짜증이 난다면 더 속도를 낮추자. 내게 말해주면서, 오늘도 할 일을 했다. 느릿느릿. 생각보다 많은 일을 했다.

설거지 요령

　세상에는 설거지를 대신 해주는 식기 세척기라는 문명의 이기가 있다고 하지만 아직 써 본 적은 없다. 나는 어제도 설거지를 했고 그제도, 오늘도 설거지를 했다. 설거지는 매일매일 하는 것 중에서도 꼭 매일매일 하는 일이다. 매일매일 밥을 먹기 때문이다. 어쩌다 외식을 해서 집에서 밥을 먹지 않았어도 과일이나 물, 커피, 간식 같은 걸 먹기 때문에 설거짓거리는 늘 있다. 뭘 먹고 나서 그때그때 설거지를 하면 접시도 몇 개 안 되고 간단한데, 매번 그렇게 하기가 쉬운 일이 아니다. 몇 번 밥이나 후식 같은 것들을 먹고 나면 식기와 컵, 접시, 조리도구들이 싱크대에 꽤 쌓여있다. 그런 건 금방금방 쌓여버린다.

설거지는 늘 내게 말하자면 인생의 난제 같은 것이었다. 인생에는 어려운 일들이 정말 많은데 설거지도 그중 하나였다. 내가 겪어야 하는 필연적이고 근본적인 문제라고 느껴질 때가 많았다.

'밥을 먹었으면 설거지를 해야 함.'
필연적이고 근본적이다.

사람은 밥을 먹어야 한다. 그러므로 사람에게 설거지는 너무도 당연한 일이다. 특히나 연속해서 같은 메뉴를 먹으면 약간 우울해지고 마는 나 같은 사람은 집에서 밥을 해 먹을 때도 점심과 저녁 메뉴를 다르게 먹고 싶어 하기 때문에 조리도구도 여러 가지를 쓰게 된다. 그만큼 설거지할 게 많아지는 것이다.

그런데 요즘 설거지를 하면서 문득 터득한 게 있다. 말하자면 '설거지를 좀 더 수월하게 할 수 있는 요령'인데, 대단한 건 아니고 생각만 조금 바꿔보는 것이다. 평일 아침 방송에서 전문성을 갖춘 사람들이 알려주는 과학적이고 창의적인 꿀팁은 아니다.

그동안 설거지를 할 때 설거짓거리를 나는 설거지를 해야 하는 대상으로만 바라봤었다. 그러니까 내 노동력과 시간을 써서 수행해야만 하는 과업으로 생각했던 것이었다. 그러다 요사이 어느 날에 설거짓거리 중 하나인 접시에게 말을 한 번 걸어보았다. "덕분에 냄비째로 먹지 않을 수 있었어. 음식을 깔끔하게 담아 먹을 수 있었지. 잘

씻어줄게."라고. (이상한가!?) 그런 다음 국자에게
도 말을 걸었다. "덕분에 뜨거운 국을 숟가락으로
여러 번 뜨거나 맨손으로 뜨지 않아도 되었어. 넌
정말 유용해. 유능하고. 너도 말끔히 씻어줄게."
(!?)

물론 속으로 말했다. 소리 내 말하지는 않았다.
말하자면 동창회 같은 곳에 가서 친구 한 명 한 명
만나 인사를 나누는 것처럼 접시, 국자, 숟가락, 젓
가락, 집게, 냄비, 프라이팬 등등 여러 설거짓거리
들에게 말을 걸고 하나하나 씻어주다 보니 어느새
설거지가 끝나있었다. 조리와 식사에 필요한 도구
들 하나하나를 살피며 다친 곳은 없는지 살피기도
하고 제자리를 찾아 정리도 깔끔하게 해주고 나니
내가 좀 더 괜찮은 사람이 된 것 같은 느낌도 들
었다. 힘들고 귀찮기만 했던 설거지 시간이 나만
의 힐링 타임이 되었다기보다는 덜 힘들고 덜 귀
찮은 설거지 시간이 되는 경험이었다. 설거지는

여전히 힘들다. 아무튼 그 후로 종종 그들에게 말을 하며 설거지를 한다. 나름대로 효과가 있다. 기름기 많은 그릇이나 양념이 눌어붙은 프라이팬에게 다정하게 말하기는 아직 어렵지만. 아무튼 쌓여 있는 설거짓거리를 보다 보면 언제 저 설거지를 다 하지, 귀찮아서 인상이 찌푸려지지만 일단 싱크대 앞에 서서 접시1, 접시2, 국자, 숟가락1, 젓가락1, 젓가락2, 컵1, 집게, 냄비1, 냄비2, 컵2, 프라이팬… (숟가락2는 어디 갔을까)… 이렇게 하나하나 설거지를 하다 보면 어느새 설거지가 끝나 있다.

그렇게 설거지를 하며 알아가고 있는 게 있다. 무슨 일이든 하나하나 하면 된다는 것이다. 어떤 인생이든 하루하루 살아가는 것처럼.

어느 나른한 4월 오후 핸드폰 분실 소동

1

버스에 핸드폰을 두고 내렸다. 집에
와서 잠시 있다 그걸 알았기 때문에 다시 나가봤
을 때는 이미 버스가 멀리 가버린 후였다. 택시로
버스를 따라잡으려고 했지만 택시가 아주 잡히지
않았다. 핸드폰은 정말 소중하구나! 마음이 우르
르 무너졌다. 10분 뒤에 같은 번호 다음 버스가 왔
다. 일단 그걸 타서 좀 가다가 기사님께 상황을 설

명하고 앞차가 어디쯤 있느냐고 물었다. 그는 앞 버스의 번호판 번호를 알려주었고 건너편 정류장에서 기다렸다가 내가 핸드폰을 두고 내린 버스가 회차 지점에서 돌아오면 그때 타라고 했다. 나는 일단 알겠다고 하고 버스에서 내려 건너편 정류장으로 가서 기다렸다. 나는 그 사이 누가 슬쩍 내 핸드폰을 가져갔을까 봐 발을 동동 굴렀다. 버스가 오려면 한참 걸릴 것 같았다. 내 불안과 걱정이 산처럼 쌓였다. 그런데 차 한 대가 멈춰 서더니 누군가 차창을 내리고 내게 인사했다. 우리 집 앞 편의점 사장님이었다. 집에 가시는 길이면 태워주겠다고 했다. 나는 순간 당황했지만 누굴 기다리는 중이라고 했고 꾸벅 인사했다. 편의점 사장님은 밝게 웃으며 이따 보자고 했다. 우리 동네와는 꽤 떨어진 곳이었는데 우연히 편의점 사장님과 만나다니 나는 잠시 아리송했다. 자주 가긴 하지만 내가 마스크를 쓰고 있었고 평소에 그렇게 가깝게 지내지 않았는데 나를 알아보다니. 그나저나 그렇게 편의점 사장님이 가고 나는 다시 초조해졌다. 그때 슬그머니 내 앞으로 택시 한 대가 정차했다. 나는 마음이 불안해서 택시 아저씨에게 내가 처한 상황에 대해 말했다. 아저씨는 일단 타라고 했다. 아저씨는 114에 전화를 걸어 버스회사 사무실 번호를 물어봤고 그리로 전화를 걸었다. 나는 내가 다시 타야 하는 버스 번호를 말했고 버스회사 사무실 직원은 지금 그 버스가 회차 지점을 돌아 어디를 지나고 있다며 어디쯤으로 가서 기다리면 되겠다고 알려주었다. 우리는 직원이 알려준 정류장으로 곧장 갔다. 다행히 아직 버스가 오지 않았다. 택시 아저씨는 은근히 재미있어하는 것 같았고 나는 택시에서 내려 정류장에서 기다렸다. 6분 뒤 버스가 왔다. 나는 긴장하며 얼른 버스에 올라탔다. 성큼성큼 내가 탔던 맨 뒷자리로 가봤다. 거기에 그대로 내 핸드폰이 있었다.

2

상기 글은 어느 나른한 4월 오후에 있었던 핸드폰 분실 소동이다. 적어도 5년 안에 내게 일어난 일 중에 심장이 가장 철렁 내려앉았던 사건이 아닌가 싶다. 예전 학생이었을 때는 뭘 잘 잃어버리긴 했어도 좀 더 나이를 먹은 뒤에는 (우산 말고는) 중요한 물건을 잃어버리는 일은 없었다. 게다가 잠시 잃어버렸던 그 핸드폰은 아내가 내게 선물해 준 아주 소중한 물건(아이폰 13미니)이었다. 그리고 절망적인 상상을 많이 하는 나로서는 그 안에 들어있는 개인정보와 추억들이 도대체 어디로 가서 어떤 범죄에 쓰일지 알 수 없어 심히 걱정이 되었다. 핸드폰 분실 소식을 적어도 아내에게는 즉시 알려야 하는데 주변에 사람도 없고 (있었어도 자신의 핸드폰을 내게 빌려줄지는 의문이다) 공중전화도 보이지 않았다. 택시도 한 대 잡기 어려웠다. 신체 기관 하나를 잃어버린 것 같은 상실감이 들었다. 그 사건 이후 핸드폰이 현대인에게 (나도 현대인이다) 미치는 영향과 존재감이 실로 대단하다는 걸 실감했다.

　그리고 일종의 소속감 같은 걸 느끼기도 했다. 뒤에 왔던 버스의 버스 기사님과 편의점 사장님, 택시 기사님과 나는 잃어버린 핸드폰을 찾기 위해 잠시 결성된 프로젝트팀 같았다. 회사도 동호회도 다니지 않는 나에게 그들은 어떤 소속감을 느끼게 해주었는데, 그건 말하자면 이 세상에 내가 소속되어 있다는 느낌이었다.

　아무튼 이 '어느 나른한 4월 오후에 있었던 핸드폰 분실 소동'이 일어난 건 무엇보다 나의 부주의함 때문이다. 물론 내가 평소에도 주의를 잘 기울이고 내 행동을 꼼꼼히 챙기며 사는 건 아닌 것 같지만 중요한 물건을 잃어버릴 정도로 부주의한 사람은 아닌데 그렇게 그날 그걸 잃어버릴 정도로 부주의했던 까닭은 아마도 내가 너무도 졸렸기 때문이 아니었을까 싶다. 양동이에 가득 찬 물을 머리 위에 쏟아붓기라도 한 것처럼 말 그대로 잠이 쏟아졌다. 또 버스 엔진 소리와 맨 뒷좌석 특유의 지속적인 흔들림은 나를 재우기에 충분했다. 그날 그 낮은 무척 포근하고 나른한 봄의 복판이었고 나는 그 전날 밤 무슨 무슨 걱정에 잠을 좀 설쳤었다. 그래서 꾸벅꾸벅 버스 뒷좌석에서 졸다가 깨기를 반복했다. 그러다 잠을 깨려고 핸드폰으로 인터넷 신문 기사를 좀 보다 그걸 도로 주머니에 넣는다는 것이 미처 넣지 못하고 그저 의자 위에 두고 만 것이었다.

그러니까 걱정을 줄이고, 잠을 잘 자자. 특히 봄에는.

한 번에 한 가지 일만 하기

 뭐가 됐든 적당한 시간 동안 한 가지 일에 집중하고 나면 개운하고 홀가분한 기분이 든다. 영화관에 가면 영화에만 집중할 수 있어서 좋다.

 한동안 영화관에 가지 못했었는데 요즘은 자주 간다. 관심이 가는 영화도 몇 편 개봉을 했고, 집에 있으면 이것저것 (말 그대로 이것저것, 여러 가지 일들을) 하느라 '한 가지 일에 집중하기'를 하기가 힘들어 시간을 내서 영화관에 자리를 잡고 두 시간, 세 시간 영화를 본다. 영화만 보는 것이다.

어제도 영화관에 갔는데, 어제는 영화에 집중하기가 힘들었다. 영화 말고 다른 것에 신경이 쓰였다. 내 뒤쪽에 앉은 어떤 사람이 콜라인지 사이다인지 뭘 마시고 자꾸 트림을 하고 웅웅웅 알 수 없는 기묘한 소리를 웅얼댔다. 잊을만하면 웅얼대고, 잊을만하면 트림을 했다. 고개를 돌려 잠깐 뒤를 보긴 봤는데 그를 굳이 찾고 싶지는 않았다. 소리를 내는 사람을 찾아낸다고 해서 내가 뭘 어떻게 할 수 있는 것 같지는 않았으니까. 그 대신 무슨 사정인지는 모르겠지만 어쩌다 영화관에 개구리 한 마리가 들어와버렸다고 생각하기로 했다. 여름 밤 어두운 개울 주변 풀숲에 숨어 모습은 보이지 않지만 크게 크게 개굴개굴하는 개구리 말이다.

그가 트림을 하고 웅얼댈 때마다 영화관 어둠 속에 정말로 커다란 개구리 한 마리가 숨어있는 것 같았다. 그렇게 생각하니까 좀 측은하기도 하고 마음이 그럭저럭 정리가 돼서 크게 신경 쓰지 않고 영화에 집중할 수 있었다.

그와 비슷하게 가끔씩 영화관에서 갑자기 핸드폰을 켜는 사람도 있다. 그걸 보면 환한 핸드폰 불빛과 그 예의 없음에 마음이 불편해진다. 그래도 집중을 깨고 싶지는 않으니까 영화관에 웬 반딧불이 한 마리가 무슨 사정인지는 모르겠지만 들어와버렸다고 생각한다. 그러면 마음이 그럭저럭 정리된다. 영화관에서는 집중해서 영화를 보는 게 중요하니까 개구리든 반딧불이든 아무튼 나름대로 좋은 쪽으로 생각하려고 한다.
영화를 대충 보는 것보다 집중해서 보면 별것 아닌 이야기에서도 흥미로운 점을 찾을 수 있다.

잠깐 스쳐 가는 단역들의 연기도 자세히 보게 된다. 나는 그런 게 좋은데, 집에서 영화를 보면 그게 잘 안된다. 집에서는 해야 하는 일들이 너무 많기 때문이다. 집에 있으면 청소며 설거지며 미뤄두었던 일들이 생각난다. 더군다나 나는 회사나 가게에 출근하는 게 아니고 종일 집에서 일을 하니까 집에 있으면 내가 해야 하는 일들도 항상 있다. 집에는, 일이 있다. 그래도 여유를 갖고 좀 쉬면서 영화라도 한 편 보려고 하면 어김없이 아직 하지 않은 일들이 내게 그것부터 해결하라 요구를 하고 재촉을 해서 나는 결국 중간에 영화를 끄거나, 영화를 그저 켜두고 이런저런 일들을 하고 있게 된다. 집에서 영화만 보고 있는 건 내게는 정말 어려운 일이다. 나는 어쩌면 집으로부터 도망치기 위해 영화관에 가는 건지도 모른다. 영화관에서, 영화만 보기 위해서.

집에서 해야 하는 이런저런 일들을 잠시 잊고 불 꺼진, 영화관에서 영화만 보다가 환한 세상으로 나오면 잘 자고 일어난 것처럼 기분이 좋다. 그렇게 비슷하게 도서관에서 책을 읽고, 미술관에서 전시를 보는 것도 요즘 내가 좋아하는 일들이다. 그래서 이제는 집에서도 한 번에 한 가지 일만 하는 연습을 한다. 그렇게 하다 보니 알게 된 것인데, 집중해서 한 번에 한 가지 일만 하면 오히려 더 많은 일들을 할 수 있고, 스트레스도 줄일 수 있다.

그런데 제대로 확인해 보지 못해서 알 수는 없지만 어제 영화관에서 트림을 하고 웅얼거렸던 사람은 어쩌면 정말로 개구리가 아니었을까? 어쩌면 정말로 내 뒤쪽 자리에 개구리가 앉아 있었는지도 모른다. 영화를 보고 싶었던 개구리가 잠시 사람의 모습이 되어 영화관 가장 어두운 자리에 정체를 숨기고 앉아 있었던 것인지도…… 트림을 너무 자주 해서 정체를 잘 숨기지는 못한 것 같지만.

가내수공 독립출판업자의 생각 1

책에 인쇄된 글씨는 아마도 검은색이
겠지만, 이 글은 초록색으로 썼다.

내가 하는 일에 대해 생각하다 보면 나는 가
끔 오래 생각에 빠져있다. 날마다 분주한 것 같은
데 무슨 일을 왜 그렇게 하고 있는지 나도 잘 모를
때가 있기 때문이다. 그렇게 생각에 빠져있는다
고 해서 내가 내 일을 명확히 납득할 수 있는 것도
아니다. 제 직업은 회사원입니다, 공무원입니다,

간호사입니다처럼 남들이 이해하는 데 시간이 별로 들지 않는 일도 아닌 것 같다. 내 생각에 내 일이 떳떳하지 못하게 부끄러운 일은 아닌 것 같지만, 다른 일은 전혀 하고 싶지 않을 정도로 내 일을 좋아하지만, 다른 사람들에게 내가 하는 일을 말해야 하면 왠지 쑥스러워서 머뭇거리게 된다.

내가 하고 있는 일을 직업으로 인정하고 '일'이라고 스스로 부르기 시작한 것도 그리 오래되지 않았다. 이제는 일이라고 말한다. 아무래도 일인 것 같으니까. 내 일이 일이 아니라면 나는 하루 종일 분주하기만 하고 일다운 일은 하지 않는 무직자다.

가끔 다른 출판사와 함께 책을 만들기도 하지만 내가 매일 일정 시간을 써서 주로 하는 일은 말하자면 가내수공 독립출판업이다. 나는 집에서 책을 만든다. 서점에서 (감사하게도) 주문이 들어오면 주문을 확인하고 책을 만들어서 서점에 보낸다. 내가 만드는 책은 내가 쓴 책이다. 나는 내가 쓸 수 있는 글을 쓰고 만들 수 있는 만큼 집에서 책을 만든다. 10권 주문이 들어오면 10권을 만들어서 보내고, 50권 주문이 들어오면 50권을 만들어서 보낸다. 적정 속도로 쉬지 않고 만들면 10권 만드는 데 1시간 조금 넘게 걸린다. 주문이 없는 날에도 별일이 없으면 만들어 두려고 한다. 갑자기 주문이 많이 들어오는 때가 있기 때문이다. 나는 그저 내가 만들 수 있는 만큼 책을 만들 뿐 책 주문이 언제 얼마나 들어올지 나로서는 잘 알 수 없고 이번 달에 판매 대금이 얼마나 정산될지 그것도 나로서는 잘 알 수가 없다. 내가 내 일에 대해 비교적 정확히 말할 수 있는 건 이 일을 해서 안정적인 생활을 하기는 어렵다는 것이다. 어떤 달에는 생활하고 어느 정도 남을 만큼 판매 대금이 들어올 때도 있지만 어떤 달에는 적금을 깨야 하는 어려움이 있다. 그래도 10년째 이 일을 하다 보니 요령이 조금 생겨서 정산금이 비교적 많이 들어올 때 남겨두고 그렇지 않은 달에 남겨둔 걸 꺼내서 쓰려고 하고 있다. 그런데 그렇게 하려면 일상과 기분을 단조롭게 만들어야 한다는 걸 요즘 들어 깨닫고 있다. 나는 기분이 좋거나 나쁘면 생각 없이 돈을 쓰는 경향이 있어서 할 수 있는 한 좋지도 나쁘지도 않은 단조로운 기분을 유지하려고 노력한다. 그리고 일상 역시 그렇게 하려고 한다. 연례행사나 매달 나가는 돈들은 시기와 대략적인 금액을 미리 적어두고 가급적 예측할 수 없는 특별한 일을 만들지 않으려고 한다. 가급적 예측할 수 없는 특별한 일을 만들지 않으려고 한다니, 왠지 슬픈 기분이 든다. 그렇지만 우울해지지 않으려고 한다.

생각해 보면 내 일과 가장 비슷한 것 같은 직업이 있다. 농사일을 제대로 해본 적은 없지만 나는 왠지 농부와 비슷한 일을 하는 것 같다. 글을 쓰는 게 파종이고 책을 만들어서 서점에 보내는 게 수확과 반출인 셈이다. 풍년과 흉년이 있는 것처럼 책이 잘 팔릴 때도 있고 그렇지 않을 때도 있다. 파종을 잘 못해서 농사가 안될 수도 있는 것처럼 글을 잘 못 써서 책이 안 팔릴 수도 있다. 몸이 좋지 않아도 글을 못 쓰고 책을 만들지 못한다. 글을 쓰고 책을 만드는 일은 몸으로 하는 노동이다. 그리고 너무 잡생각이 많으면 머릿속이 잡초가 무성한 밭처럼 되어서 어떤 날에는 한 줄도 글을 쓰지 못할 수도 있다. 심지어 날씨의 영향도 받는다. 비가 많이 오는 장마철에 책을 만들면 종이가 습기를 먹어서 책 모양이 물결처럼 구불구불해진다. 여러모로 가내수공 독립출판은 농사와 비슷한 일인 것 같다. 끼워 맞춘 부분이 없지 않아

있는 것 같지만, 농사와 비슷한 일을 한다고 생각하니 마음이 놓인다. 손에서 풀냄새가 나는 것 같다. 나는 풀냄새가 좋다.

한여름 사랑니 빼기

사랑니가 난 지 17년 만에 사랑니를 뺐다.

나는 계획적인 인간이 아니다. (계획을 세우면 그다음 날 몸이 안 좋아진다. 공교롭게도.) 앞으로 일어날 것 같은 일들에 대해 막연히 걱정은 많이 하지만 계획적인 인간은 아니어서 여름에 이를 뽑는 계획 같은 건 전혀 없었다. 언젠가 뽑아야 한다는 생각은 가끔 했었지만. (생각할 때마다 끔찍

했다.) 아무튼 무더운 여름, 그것도 가장 더운 8월에 가장 가고 싶어 하지 않는 곳, 치과에 가서 가장 하기 싫은 일이었던 사랑니를 뺄 줄은 몰랐다. 철저히 계획적인 인간이었어도 여름에 사랑니를 빼는 계획은 절대 세우지 않았을 것이다.

어느 8월의 여름날. 점심을 먹다가 나는 뭔가 잘못되었음을 느꼈다. 하지만 그건 작은 문제였다. 예전에 충치를 치료하고 구멍이 생긴 곳을 메워놓은 아말감이 깨져서 떨어져 나간 것이었다. 화장실에 가서 양치를 하고 거울로 살펴보니 그곳에 다시 허전하게 빈 구멍이 생겨 있었다. 뭘 먹을 때마다 음식물이 그곳에 껴서 불편했다. 양치를 하기 쉬운 곳도 아니었다. 여름에는 잘 먹어야 하는데 식사가 불편하니까 스트레스를 받았다. 스트레스를 받으면 만사가 귀찮아진다. 나는 괜히 이틀 정도 참았다. 아내는 내가 표정이 안 좋아 보이면 (다른 이유로 표정이 좋지 않아도) 치과에 가라고 했다.

나는 이틀 뒤에 치과에 갔다.

치과에 왜 가기가 싫은지 생각해 봤는데 가장 먼저 생각나는 건 치료 기구들이 내는 윙윙 위 소리다. 밝은 조명 아래 입을 최대한 크게 벌리고 그 소리를 들으면 정신이 약간 혼미해진다. 그리고 치료 중에 물을 계속 뿌려대서 삼켜선 안 될 것 같은 어떤 것들을 꼴깍꼴깍 삼키게 되고, 그러고 있다 보면 물이 기도로 넘어갈 것 같은 느낌에 숨쉬기가 힘들다. 그리고 입을 한참 벌리고 있어야 해서 그런지 좀 창피하다. 아무래도 입속을 보여주는 일이 익숙한 일은 아니니까.

아말감이 떨어진 건 동네에 생긴 지 2달도 안 된 치과에서 치료를 받은 후 일주일도 채 지나지 않아서였다. 그때 치과의사는 금방 떨어질 것 같다면서 아말감을 추천하지 않았다. 나는 내 이에까지 돈을 많이 쓰고 싶지 않아서 최소한의 선택을 했다. 치과의사에게 그냥 그걸로 해달라고 했다. 그리고 일주일도 되지 않아 다시 치과에 가야했다. 갔던 치과에 다시 가면 "그것 보세요, 내 말이 맞죠? 금방 떨어진다고 했죠?" 치과의사에게 이런 말(놀림)을 들어야 할 것 같았다. 치과도 싫고 그 말도 싫었다. 나는 다른 치과에 갔다. 그곳은 내가 오래전에도 갔고 그때도 시설이 허름했으니까 꽤 오래전부터 동네에 있었던 곳이다. 그래도 한두 번 가본 곳이어서 그리로 갔다.

　치과에는 오래전 내가 치료받았던 기록이 그대로 남아 있었다. 잠시 기다리라고 해서 나는 병원 소파에 앉아 탁자에 놓인 종이 신문을 흘긋대며 기다렸다. 더 많이 기다리고 싶었으나, 너무 빨리 내 차례가 되었다. 치과의사도 금방 왔다. 치과의사는 내게 불편한 곳이 어디냐고 물었다. 여차저차해서 왔다고 입을 벌린 채로 오아오아 말했다. 치과의사는 내 말이 끝나기도 전에 윙윙 위 치료 기구를 꺼내 들었다. 윙윙 위.

치료를 하는 중에 치과의사는 아말감은 떨어질 수도 있으니까 레진으로 하라고 했다. 나는 망설임 없이 고개를 끄덕였다. 그리고 그는 잇몸치료를 하러 며칠 내에 다시 오라고 했다. 치석이 많다며 스케일링도 하라고 했고. 코로나 유행으로 오랫동안 치과를 가지 않아서 치료할 게 많았다. 그리고 의사는 사랑니도 빼야 할 것 같다고 했다. 담담하고 단호한 말투로. "빼야겠어." 의사가 내 입속을 주시하며 혼잣말처럼 빼야겠어 빼야겠어 두 번 더 중얼거렸다. 나는 온몸에 소름이 돋았다.

내가 사랑니를 빼는 걸 무서워했던 건 주위

사람들이 내게 겁을 줬기 때문이다. 사랑니를 뽑다 죽을 수도 있다는 말을 종종 들었는데 처음 그 말을 들었던 게 중학생 때여서 그랬는지 그때부터 내 머릿속에 계속 남아있었다. '사랑니 발치 늑 죽음.' 이렇게.

그래서 사랑니가 은근히 계속 말썽이었어도 당장 치과에 달려갈 만큼 아프진 않았기 때문에 불편해도 그냥 살았다. 그런데 사랑니 앞에 있는 어금니에 문제가 생겨서 머지않아 어느 날 갑자기 엄청 아플 수도 있다고 의사가 말해서 고민해보겠다고 하고 일단 치과를 나왔다.

집에 와서 아내에게 사랑니를 빼야 한다고 얘기했더니 당장 날을 잡으라고 했다. 나는 너무 두렵다고 했다. 결혼한 지 얼마 되지도 않았는데 사랑니를 뽑다 죽으면 내 인생 어떡하냐고 말했다. 안 죽어. 안 죽어. 아내가 말했다. 자기도 7년 전에 사랑니를 뺐는데 하나도 안 아팠고 먹는 것도 잘 먹었다고 호기롭게 말했다. 나는 여름이라 괜찮을지 모르겠다고 겨울에 하면 어떨까 하며 또 망설였다. 괜찮아, 괜찮아, 아내는 어서 치과 예약을 하라고 했다. 그걸 하루 종일 수시로 말했다. 나는 치과 예약을 했다. 그리고 일주일 뒤에 사랑니를 뽑으러 갔다. 아주 더운 날이었다.

'사랑니 발치 늑 죽음.'

잇몸에 주삿바늘이 꽂히고 마취약이 들어왔다. 나는 눈을 질끈 감았다. 비릿하고 찌릿하게 마취약이 들어올 때 앙상하게 가지만 남은 겨울나무가 머릿속에 그려졌다. 감았던 눈을 떠 보니 치과의사가 나를 내려다보고 있었다. 그의 눈빛이 비장해 보였다. 괜히 그렇게 보였다. 나는 주먹을 꽉 쥐고, (그것 말고 달리 할 수 있는 건 없었다)

기다렸다. 마취는 잘된 걸까.

그로부터 얼마나 시간이 지났는지 잘 알 수 없었다. 치과의사는 자신이 가진 힘과 기술을 한껏 사용해 잇몸을 자르고 이를 뽑고 부수기도 하고 그랬다. 누워있는 내가 느끼기엔 치료라기보다 철거 같았다. 아무튼 그가 내 이를 도구로 잡고 혹혹 세게 당길 때마다 내 머리도 획획 그쪽으로 돌아갔다. 좀 창피하긴 했지만 마취가 잘 되었는지 아프지는 않았다. 얼마 뒤 스테인리스 쟁반에 청량한 소리가 났다. 거기에 뽑힌 내 사랑니가 있었다. 고개를 살짝 들어 그걸 흘끗 봤다. 기념으로 집에 가져가고 싶었는데 말이 나오지 않았다.

"후. 잘 된 것 같아."

의사의 뿌듯한 목소리.

"아니 선생님, 저기 뭐가 남아있는데요? 괜찮을까요?"

간호사의 아리송한 말.

"어, 괜찮을 것 같은데, 그래도 제거해야겠지?"

의사가 말했다.

'괜찮은 걸까, 못 본 걸까? 잘 된 걸까?'

아무튼 난 살아있었다. 발가락을 움직여봤다.

남아있는 뭔가를 제거하고, 잇몸을 꿰매고, 찝찔한 맛이 여러 번 나고, 여차저차 윙윙 큐큐 소리가 나고, 사랑니 빼기가 끝났다. 생각했던 것보다는 수월했다. 죽을 고비를 넘겼다거나, 죽지는 않았다. 수납 담당 간호사는 마취가 풀리면 좀 아플 거라고 했다. 많이 아팠다. 약국에서 받아온 진통제와 항생제를 먹고 또 먹었다. 한 일주일쯤 그랬다. 여름이라 잘 아물지 않을까 봐 걱정했는데 그래도 심각한 문제는 없었다. 좀 아문 다음에 사랑니를 뽑은 곳을 혀로 만져보니 횡한 기분이 들었다.

17년간 불편했는데, 시원섭섭했다.

저녁을 먹는 중에 아내가 말했다.

"사실 나도 사랑니 뽑고 엄청 아팠어. 데굴데굴 굴렀지."

"안 아팠다며?"

내가 따지듯 물었다.

"아팠지. 사랑니를 뽑았는데, 당연한 거 아니야?"

우리는 맛있게 저녁을 먹었다. 사랑니는 사라졌지만, 시원섭섭하게 잘 사라졌고, 마주 앉아 함께 저녁을 먹을 수 있는 사랑이 있어 다행이었다. 그러니까 어떤 일이든 조금 덜 무서워해도 될 것 같았다.

새벽의 파란색

　　　　맑은 물 같은 새벽에 혼자 밖에 나와 헤엄친다. 수영은 못하지만 혼자 춤을 출 수는 있다. 춤을 추고 숨을 쉬고 쉬면서 맑은 새벽의 파란색을 혼자 다 마신다. 아침이 오기 전에, 부지런한 사람들이 나오기 전에. 사람들이 나오고 더 많은 사람들이 나와서 파란 새벽을 다 마셔버리면 금세 아침이 온다. 아무 색도 없이 깨끗하기만 한 아침이 온다.

오늘 가로등은 5시 26분에 꺼졌다. 가로등이 꺼지면 그때부터 아침이다. 맑은 파란색도 사라진다.

수영장 물을 먹으면

스무 살이 되던 겨울에 두 달 동안 수영 강습을 받았었다. 생각해 보면 그때가 지금까지의 삶에서 가장 의욕이 넘치던 시기였고, 뭘 해야 좋을지도 모르면서 쉬지 않고 무언가를 했었던 것 같다. 스무 살이 된 나는 아직 해도 뜨지 않은 새벽 6시에 수영장에 갔다. 수영을 배우기 전에는 수영을 전혀 하지 못했는데 두 달 정도 배운 다음에는 대충 물속에서 이리저리 허우적댈 수는 있게 되었다. 지금은 아마 그것도 못 할 것 같지만.

아무튼 수영 수업을 수강하고 두 달이 거의 다 되었을 무렵 자유형으로 처음부터 끝까지 레일을 왔다 갔다 하고 좋아했던 기억이 난다. 수영장을 다니기 전에는 수영을 전혀 하지 못했었는데 하루, 이틀, 한 달, 두 달 배우다 보니 물 위를 이동할 수 있게 되었고 그럴 수 있다는 게 신기하고 뿌듯했다. 어렴풋이 인생의 비밀 하나를 깨달은 것 같은 기분이 들었다.

수영을 배우면서 종종 수영장 물을 먹기도 했다. 수영장 물을 먹으면 염소 냄새나는 어떤 감정이 몸 안으로 밀려 들어왔다. 당연한 말이지만 수영장에 물이 너무 많다고 느꼈다. 수영장에 물이 너무 많아서, 그게 겁이 났다. 자유형을 한 달 정도 한 뒤에는 배영을 배우기도 했다. 몸에 힘을 빼고 누워서 수면 위를 둥둥 떠다니는 정도였지만 그러고 있는 게 좋았다. 물 위에 떠 있는 건 그럭저럭했는데 앞으로 나가려고 팔을 움직이기 시작하면 곧 몸이 가라앉았다. 그래도 몸에 힘을 빼고 물에 떠 있으면 마음이 편했다. 조급하고 뜨거웠던 감정들이 한 김 식는 것 같았다. 물속에 귀가 잠겨있으면 시끄러운 소리들이 잘 들리지 않았다. 수면 아래 작고 일정하게 웅웅거리는 소리와 내 심장 뛰는 소리가 들렸다. 그 소리들을 가만히 듣고, 수영장 천장의 조명등 불빛들을 별 구경이라도 하는 것처럼 바라보고 있었다. 그러다 어떤 생각에 마음이 불안해지면 몸에 힘이 들어가고 물 위에 떠 있기, 잠시의 평화가 가라앉았다.

그해 겨울이 끝나고, 대학교에 다니게 되면서 수영을 그만두었다. 새 학기가 시작되고 몸과 마음이 바빠서 그만두는 거라고 핑계를 대듯 스스로 이유를 만들었지만 그다음에 배울 접영과 평형 같은 수영 기술들이 너무 어렵고 힘들게 느껴져서 흥미를 잃었기 때문이었다. 의욕이 넘치던 시기였지만 그 어느 때보다 싫증도 잘 느꼈다. 생각해 보면 수영을 제대로 배우고 싶었던 게 아니라 열심히 사는 사람들이 으레 한다고 하는, 나에게는 새로운 무언가를 해보고 싶었던 것 같다. 그래서 그때는 꼭 새벽반이어야 했다. 그리고 새롭지 않으면 다른 걸 찾으러 다녔다. 새로움만을 찾고 다녔지 꾸준함이 얼마나 중요한지는 잘 몰랐었다.

스무 살의 나와 지금의 나는 많이 다른 것 같다. 곰곰이 생각해 봐도 다르다. 아예 다른 사람이라고 해도 이상하지 않을 정도로. 지금의 내가 그때보다 더 나은 사람인 것 같지는 않다. 그저 달라졌을 뿐이다. 그리고 그때와 다르게 요즘 나는 뭐든 느긋하게 하고 싶다. 새로운 건 나를 긴장하게 해서 좋아하지 않는다. 어떤 일이든 느긋하게 하면서 나긋한 사람이 되고 싶다. 스무 살 때보다 요즘의 시간이 훨씬 빨리 가지만 긴장하고 싶지 않고 조급하고 싶지 않다. 무슨 일이든 조급하면 잘 되지 않는다는 걸 나름대로 필요한 만큼은 알고 있다. 스무 살 때는 급하게 많은 일들을 해놓으면 나중에 많은 걸 갖게 될 줄 알았는데 그렇지만은 않았다. 쌓아두는 쪽보다는 사라지는 쪽으로 경험을 많이 했던 것 같다. 경험이란 게 버릴 게 없는 것이기는 하지만.

스무 살의 나는 어쨌든 지금의 내가 되었고 지금의 나는 여전히 수영을 못한다. 그나마 두 달 배웠던 수영 실력(이랄 것도 없지만)도 사라진 지 오래다. 그때의 감각과 생각도 대부분 사라졌다.

요즘 들어 몸과 마음이 무거워져서 예전 생각들을 하며 다시 수영을 다녀볼까 하는데, 생각만 하는 중이다. (스무 살의 나였다면 오전에 생각해서 오후에 등록했을 것이다.) 아마도 가지 않을 것 같지만 만약 수영을 다시 배운다고 해도 이제 새벽반은 가지 않을 것 같다. 그런데 궁금하다. 지금의 내가 수영을 하다 수영장 물을 먹으면, 그때처럼 겁이 날까. 여전히 수영장에 너무 많은 물이 있을까.

느긋하게 헤엄치고 싶다. 물도 사람도 너무 많지 않은 수영장에서.

면도

웬만해서는 약속이 없고 집 밖에 잘 안 나가기 때문에 날마다 규칙적으로 면도를 하지는 않고 오늘은 해야겠다 싶을 때 면도를 한다. 이삼일 간격일 때도 있고 일주일을 넘길 때도 있다. 아침보다는 밤에 한다. 면도를 하다가 나도 모르게 상처를 내기도 한다. 주로 윗입술 쪽에 상처가 난다. 그 부위는 피부가 얇아서 피가 잘 안 멈춘다. 아침에 그렇게 되면 정말 난감하다. 아침에 면도를 했다는 건 그날 밖에 나갈 일이 있다는 것인데,

상처가 나면 한참을 지혈한 뒤 나가야 한다. 그리고 다시 피가 날지 모르니 얼굴에 작은 반창고도 붙여야 한다. 그런 얼굴로 밖에 나가야 하니 아무튼 불편하다. 그래서 밤에 면도하는 게 여러모로 좋다.

　누가 말했는지 기억은 나지 않지만 밤에는 수염이 잘 자라지 않는다는 말을 들은 적이 있는데 그런 것 같다. 밤에 면도를 하나 아침에 면도를 하나 얼굴 상태는 비슷한 것 같다. 내 경험상 수염이 가장 잘 자라는 때는 신체적으로, 심적으로, 고생스러운 일을 했을 때다. 면도를 하고 사람들을 만났는데 그날따라 잘 모르는 사람들을 너무 많이 만났다거나, 대하기 어려운 사람과 너무 오래 시간을 보냈다거나, 까다로운 일을 해야 해서 신경을 많이 썼다거나 했을 때 수염이 나도 모르는 사이 많이 자라있는 걸 문득 알게 된다.

지난겨울에는 수염을 계속 길러볼까 하고 한 보름쯤 면도를 하지 않았더니 집 앞 편의점도 갈 수가 없는 얼굴이 되어버렸다. 참지 못하고 시원하게 면도를 했다. (오래 면도를 하지 않을수록 면도를 할 때 기분이 시원하다.)

멋있다는 기준이 사람마다 다르겠지만 내가 보았을 때 수염을 기른 내 모습은 아무래도 견디기가 힘들다. 내 생각에 나는 수염을 길러서는 안 되는 인간이다. 나는 면도를 한 내 얼굴을 더 좋아한다. 그래서 면도를 하면 기분이 좋다. 밖에 나가고 싶고 카페에서 커피도 한 잔 마시고 싶고 사람들을 만나서 얘기도 하고 싶어진다. 그럴 수 있을 것 같다. 사회생활을 하는 인간, 사회적 동물로 살아갈 수 있을 것 같은 느낌이 든다. 그런데 그런 느낌은 잠시뿐이고 나는 다시 집에 있다. 역시 집에 있는 게 좋다.

내가 늘 집에만 있으니까 면도를 날마다 하지 않고, 면도를 날마다 하지 않아서 사람들을 만나는 게 어려운 걸까. 아무튼 나갈 일이 없어도 면도를 날마다 하기만 한다면, 다시 사람들과 사회생활 같은 걸 할 수 있을지도 모르겠다.

예전에는 서점에 직접 책도 배달하고, 서점 사장님들과 도란도란 얘기도 하고, 글 쓰고 책 만드는 사람들과 인사도 나누고 그랬는데 요 몇 년 동안에 나는 이런 핑계 저런 핑계로 집에만 있다. 집에 있는 게 좋아서 집에서 놀고 집에서 일을 한다. (요즘은 글도 주로 집에서 쓰지만) 글을 쓰러 카페에 간다거나, 산책을 간다거나, 탐험을 하듯 다른 지역에 간다거나 할 때 말고는 별일이 없으면 집에만 있는다. 친구들은 각자 사느라 바빠서 만나기가 쉽지 않고, 새로운 사람이 친구가 되는 일은 아주 오래전에 있었을 뿐이다.

이런 내 생활이 답답하다거나 외롭다거나 하면

어떻게든 면도를 매일매일 할 텐데, 나는 내가 집에 있는 게 좋고 밖에 나가 누굴 만나지 않아도 괜찮은 것 같고 집에서 혼자 글도 쓰고 책도 만들고 이런저런 공상도 하고 그러다 보면 하루가 다 가 버리기 때문에 시간을 내서 면도를 하는 일이 아무래도 뒷전이 된다.

면도는 5분이면 하는데.

욕실에 거울이 있지만 면도를 하지 않으면 내가 내 얼굴을 제대로 볼 일이 없다. 오랜만에 오늘은 밤에 면도를 하고 내 얼굴을 거울에 찬찬히 비춰보았다. 이제는 면도를 자주 해야 할 것 같다는 생각이 들었다. 내 얼굴을 자주 거울에 비춰봐야겠다. 되도록 매일매일. 그래서 말끔한 얼굴로 사람들을 만나고 인사도 나누고 안부도 묻고 이런저런 얘기를 할 수 있으면 좋겠다. 왜 그런 생각이 들었냐면, 그건 나도 잘 모르겠다. 하지만 면도를 자주 해야겠다는 생각은 어쩌면 내 안에서 내게 보내는 중요한 신호인지도 모른다. 그게 어째서 중요한지, 왜 오늘 밤인지, 알 수는 없지만.

낮잠

낮잠을 잤다. 오후 1시부터 5시까지 4시간 잤다. 점심을 먹고 잠이 들었는데 어느새 저녁 먹을 때가 되었다. 방금 밥을 먹었는데 밥을 또 먹는 것 같다. 바로 저녁을 차리지는 않을 것이다. 낮잠을 오래 자고 잠에서 깼을 때 해가 져서 창밖이 어두워 있으면 지금이 몇 시인지 며칠이 지났는지 여긴 어디인지 모르겠다.

낮잠을 자주 자는 건 아니다. 1년에 낮잠을 몇

번이나 잘까 생각해 보면 감기몸살 약을 먹었을 때 빼고는 5번도 안 되는 것 같다. 나는 낮잠을 한 번 자기 시작하면 10분이나 20분 정도만 잘 수가 없고 보통 3시간, 4시간 정도 잔다. 차라리 낮잠을 안 자는 게 10분, 20분 정도만 자는 것보다 내게는 쉬운 일이다. 나에게 낮잠은 잠깐의 휴식이 아니다. 그건 나에게 어중간하게 길다. 낮잠을 자면 하루 중 낮이 지워진다. 그래서 잠을 깨고 나면 길을 잃은 것 같다.

당연하게도 낮잠을 자면 밤에 잠이 오지 않는다. 밤에 잠이 안 오면 잠 대신에 불안과 우울이 찾아온다. 불안과 우울은 이제 달갑지 않다. 좀 일방적으로 찾아오기는 하지만 그래도 예전엔 말이 통하는 친구 사이였다. 지금은 아니다. 이제 그들은 초대하지 않은 불청객일 뿐이다. 예전에는 친구였을지 몰라도 이제는 만나도 할 말이 없고 불편하기만 하다. 하지만 여전히 그들은 일방적으로 찾아온다. 잠이 오지 않으면, 그 빈 자리에. "우리 친구잖아, 내 얘기 좀 들어줘." 하며.

긴 낮잠을 자고 나니, 창밖에 어둠이 내렸다. 차라리 하루를 다시 시작하는 마음으로 커피를 내릴까 했지만 그러지 않았다. 요즘 노력 중이다. 제시간에 자고 제시간에 일어나기. 매일 규칙적으로 밤 10시에서 11시 사이에 자고 아침 6시에서 7시 사이에 일어나는 걸 목표로 하고 있다. 주로 자정부터 새벽 3시까지가 그들이 나를 찾아오는 시간이다. 그러니까 불안과 우울이 나를 찾아오기 전에 잠들고, 그들이 떠난 뒤에 잠에서 깨는 것이다. 하지만 그동안 잠에 관해서만큼은 나 자신에게 꽤 관대했고, 내가 하는 일은 말하자면 '재택 자유업'이라고 할 수 있기 때문에 정시에 출근해야 하는 회사원처럼 굳이 시간을 맞춰 일어나지 않아도 낮잠을 4시간 자도 크게 문제 되는 건 없다. 늦게 일어나면 늦게 일어난 만큼, 낮잠을 4시간 자면 4시간만큼 깨어있는 동안 할 일을 하면 된다. 아무튼 이런저런 이유로 제시간에 자고 제시간에 일어나는 게 잘 되지 않는다. 누군가에게는 쉬운 일일지 모르겠지만. 그럼에도 그렇게 하려는 건 생활을 정돈하고 싶기 때문이다. 자유롭게 자고 자유롭게 일하는 것도 어떤 면에서는 좋지만(그런 방식이 내 성향에는 맞는 것 같지만), 요즘 들어 생활과 주변을 잘 정리하고 유지하는 게 중요하다는 걸 느낀다. 왠지 결혼(공동생활)을 해서 그런 것 같은데, 함께 잘 지내려면 아무래도 좀 더 효율적으로 시간을 써야 한다는 생각이 들었다. 그리고 나 자신도 생활이 정돈되면 마음이 차분해서 좋다.

그런데 오늘은, 어쩔 수 없이 너무 피곤했다. 1년 중 5번 안에 드는 날이었다. 잠깐 누워있었을 뿐인데 낮잠을 잤다. 길을 잃은 것 같다.

기분은 좋다.

평범한 사람

평범한 사람은 어떤 사람일까 문득 궁금해서 생각을 해봤는데 그냥 생각으로는 아리송해서 네이버 어학사전에서 '평범'을 검색해 보니 '평범하다'의 어근이라고 나오고 '평범하다'를 검색해 보니 뛰어나거나 색다른 점이 없이 보통이다,라고 나와서 아 평범한 사람은 뛰어나거나 색다른 점이 없이 보통인 사람이구나 고개를 끄덕인 다음 커피를 한 모금 마셨는데 다시 의문이 들었고 어떤 의문이냐면 적어도 내가 아는 사람들은 한 사람도 빠짐없이 모두 각자 나보다는 뛰어나고 색다른 부분들이 있는데 그럼 그들이 평범한 사람들이 아닌 걸까? 하는 의문인데 아무리 생각해 봐도 그들이 평범하지 않은 사람들은 또 아닌 것 같아서 고개를 갸우뚱하게 되고 커피를 한 모금 또 마셔보다가 그다음에는 '보통'이라는 것에 대해, 뭐가 보통일까? 하고 생각을 해봤는데 생각해 볼수록 그게 무엇인지 더 알 수가 없게 되어서 '보통'을 네이버 어학사전에서 검색해 보니 '특별하지 아니하고 흔히 볼 수 있음. 또는 뛰어나지도 열등하지도 아니한 중간 정도.'라고 나와서 내가 아는 사람들을 한 사람씩 떠올려봤는데 적어도 내가 아는 사람들은 모두 나에게 흔히 볼 수 없는 특별한 사람들이고 뛰어나거나 열등하거나 하는 말들은 기준이나 상황에 따라 달라질 수가 있어서 내가 제대로 판단할 수가 없는 것인데, 그렇다면 내가 아는 사람들이 '보통 사람'이 아닌 걸까? 또 생각해 보게 되고, 생각해 보게 되면 아무래도 보통 사람이 아닌 것 같지는 않아서 또 고개를 갸우뚱하게 되고 커피를 한 모금 두 모금 마시고 그러다 어느새 커피를 한 잔 다 마셨다.

동네 평범한 카페에서 평범한 음악들이 흐르는 평범한 화요일 오후 2시에 평범한 옷을 입고 평범한 자세로 평범한 의자에 앉아서 평범한 얼굴로 평범한 표정을 짓고 평범한 말투와 단어로 주문한 평범한 아메리카노를 마시며 평범한 사람을 생각했다. 내가 그림을 잘 못 그려서 그런지도 모르지만 내가 아는 사람들이 아닌 평범한 사람의 모습을 떠올려보고 그걸 그림으로 그려보려고 하면 특별한 사람을 그리는 것보다 더 어렵다. 평범한 사람은 특별하지도 뛰어나지도 않아서 눈에 띄기 어렵기 때문이다. 특별한 사람은 정물화 같은데 평범한 사람은 추상화 같다.

내가 아는 사람들이 내게는 특별한 사람이지만 그들을 잘 모르는 다른 누군가에게는 평범한 사람들일 것이다. 나라는 사람도 마찬가지다.

평범한 사람들은 평범해 보여서 눈에 잘 띄지 않는다. 그런 점에서는 내가 평범한 사람인 것이 다행이다. 특별하고 유명해서 사람들의 눈에 띄는 것이 더 어려운 일이지만, 나는 내가 모르는 다른 사람들 눈에 내가 보이지 않았으면 좋겠다고 생각할 정도로 나는 내가 다른 사람들 눈에 띄지 않길 바란다. 왜 그러냐면…… 그냥 그러고 싶다. 그런 사람인 것 같다. 아직까지는 아주 성공적이다. 내가 특별하고 유명해지기를 바라지 않아서 다행이다. 그건 분명 훨씬 어려운 길일 테니까.

평범한 나를 그래도 특별하게 생각해 주는 사람들이 있다면 고맙다고 말해주고 싶다. 그건 그 사람의 시간과 마음을 써서 나를 알아봐 주고 나를 소중히 여겨주는 것이니까 아무튼 내게는 고마운 일이다.

　그런데 유명 연예인 같은 특별한 사람들이 평범해지고 싶을 때는 사람들 눈에 띄지 않게 마스크를 쓰고 모자를 눌러쓰는데, 평범한 사람들이 특별해지고 싶을 때는 어떻게 해야 할까?

3분의 1, 3분의 2

커피를 마신다. 길을 걷다 들어간 카페에서. 평범한 오후, 평범한 프랜차이즈 카페다. 프랜차이즈 카페는 어딜 가나 똑같다. 프랜차이즈 카페에서 커피를 마시고 앉아 있으면 나라는 사람도 다른 사람과 똑같은 사람인 것 같아서 마음이 편하다.

내 핸드폰 사진 앱은 중복된 사진을 자동으로 검색해 준다. 편리한 기능이다. 똑같거나 아주 비슷한 사진들 중 하나만 남겨두고 나머지 사진들을 지울 수 있다. 지우고 싶지 않으면 그냥 둬도 된다. 하지만 중복된 사진 여러 장을 보고 있으면 아무래도 하나만 남겨두고 나머지는 지우고 싶다. 그래서 편리하게 지운다. 핸드폰 저장 공간을 늘리기 위해서다. 만약 어느 날 신이 나름의 이유로 이 세상을 정리하고 싶어 한다면 나라는 사람은 카페에서 커피를 홀짝이다가 아마도 높은 확률로 지워질 것이다.

오후, 프랜차이즈 카페에서 커피를 마시고 있으면 나는 있으나 마나 한 사람이 되는 것 같다. 좋다. 있으나 마나 한 사람이라는 건 있어도 되고 없어도 되는 사람이라는 뜻이다. 그래서 좋다. 신이 날 삭제하지 않는 이상 나는 카페에서 있고 싶으면 있고 없고 싶으면 없어도 된다. 지금은 3분의 1은 있고 싶고 3분의 2는 없고 싶다. 그런 기분이다. 3분의 1은 살고 싶고 3분의 2는 죽고 싶다는 말은 아니다.

따뜻한 커피를 주문했다. 사실은 뜨거운 커피다. 카페 점원은 내게 물어본다. "따뜻한 커피세요?" 나는 네 한다. 그런데 점원이 쟁반에 담아 내게 주는 커피는 뜨거운 커피다. 뜨겁다와 따뜻하다는 건 온도를 설명하는 말이고 상대적인 것이라서 상황에 따라 둘을 판단하는 기준이 다르겠지만, 내게 커피는 거의 대부분 뜨겁다. 나는 뜨거운 걸 잘 못 먹는다. 그래서 한 모금 입에 대보았을 때 대부분의 커피가 내게 델 것처럼 뜨겁다. 하지만 카페 점원을 탓할 수는 없다. 내게는 뜨거운 커피지만 누군가 혹은 대부분의 사람들에게는 따뜻한 커피일 수 있기 때문이다. 그리고 분명히 메뉴판 아메리카노 글씨 옆에는 'hot'이라고 영어 글씨가 쓰여있다. 'warm'이 아닌데도 나는 그걸 '따뜻한'이라고 번역한다. 나는 뜨거운 커피를 올려놓은 쟁반을 가지고 내가 정신적으로 영역을 표시해둔 자리로 돌아와 테이블 위에 커피 컵을 놓는다.

컵 손잡이를 잡고 쟁반에서 내려놓았다. 쟁반을
다시 그걸 받아온 곳에 놓고 온다. 나는 커피를 한
모금 입에 대본다. 뜨겁다. 나는 테이블에 커피를
놓고 기다리면 그 둘이 같아진다는 걸 알고 있다.
뜨거운 커피는 시간이 지나면 따뜻해진다.

　마시기 적당해질 때까지 나는 기다린다.

　마시기 적당한 온도의 커피가 내 앞에 놓여있
다. 나는 그걸 마신다. 커피는 향으로 마신다는 말
이 있던데, 나는 커피를 온도로 마시는 편이다. 비
염이 있어서 커피 향을 잘 못 맡는다. 맡으려면 맡
을 수 있다. 그런데 잘 못 맡는다. 커피를 마실 때
나는 향보다 온도를 먼저 느낀다. 온도에 따라서
커피를 마시는 내 기분이 달라진다. 따뜻한 커피
가 내게 주는 기분과, 다 식은 커피가 내게 주는
기분은 다르다. 같은 말이지만 말투가 다른 것과

비슷하다. 누군가 내게 친절한 건지 친절하지 않은 건지 잘 알 수 없을 때 기분이 애매해지는 것처럼 커피가 미지근할 때 그와 비슷한 기분이 든다. 중요한 기분은 아니다.

아무튼 결국 커피는 습관 때문에 마시는 것이다. 습관이란 것도 다 기분 때문에 생기는 것이다. 내가 불편하지 않을 정도로 기분을 유지하려면 습관이 필요하다. 점심을 먹고 커피를 마시지 않으면 뭔가 허전하다. 나를 허전하게 만들고 싶지 않아서 커피를 마신다. 허전하지 않게 된다. 간단하게 그렇게 되기 때문에 그게 습관이 된다. 습관이 되려면 간단해야 한다. 짧은 시간 안에, 간단히 기분을 해결할 수 있어야 한다.

점심을 먹고 길을 걷다가 카페에 들어왔다. 습관으로 커피를 마신다. 커피가 미지근해지기 전에

커피를 다 마시고 싶지만 늘 커피는 미지근해지고
만다. 내가 기다리기 때문이다. 미지근한 커피는
싫지만 나는 미지근한 커피도 다 마신다.

　갑자기 이곳에서 내가 사라져도 아무도 모를
것이다.

잠옷

잠을 깨고 어쩌다 하루 종일 밖에 나가지 않는 날에는 하루 종일 잠옷을 입고 있다. 대체로 그러고 있다. 지금 입고 있는 잠옷은 배고픈 다람쥐라면 참지 못하고 달려들 것 같은 도토리, 작은 열매와 나뭇가지 그림들이 그려진 긴팔 긴바지 옷이다. 재작년 가을에 샀다. 이 잠옷은 편해서 가을이 아니어도 입고 잠을 자고 있지 않아도 입는다. 물론 외출할 때 입지 않아야 한다는 것쯤은 나도 알고 있다. (집 밖에는 다람쥐가 있을 수 있으니까.) 외출할 때는 잠옷을 입지 않는다.

하루 종일 잠옷을 입고 집에 있으면 하루 종일 잠 속에 있는 것 같다. 커피를 몇 잔씩 마셔도, 맨손 체조와 팔굽혀펴기를 해도, TV를 봐도, 세수를 해도 꿈속의 꿈에 있는 것 같다. 잠을 깨도 잠이 깨지 않는 신기한 옷이다. 아무튼 잠옷은 편해서 좋다.

그런데 만약 회사에 갈 때도, 고급 식당에 갈 때도, 결혼식이나 장례식에 갈 때도, 아이돌 콘서트를 보러 갈 때도, 그 콘서트의 아이돌들도, 편한 잠옷을 입는다면 어떨까? 사람들이 모두 그렇게 해서 누구든 언제든 어디에서든 편한 잠옷을 입고 있어도 전혀 이상하지 않은 세상이라면?

그런 세상이 있다면 얼른 잠옷 몇 벌 챙겨서 거기로 가고 싶다. 내게는 꿈 같은 세상이니까.

공기와 기분

나는 쉬지 않고 숨을 쉬고 있지만 공기라는 게 눈에 보이지 않아서 그런지 공기가 아주 좋거나 너무 나쁠 때 말고는 공기가 있다는 걸 잘 모르고 산다. 그런데 공기청정기를 켜보면 눈에 보이지 않는 공기가 보인다. 우리 집 공기청정기는 공기를 숫자로 보여준다. 공기청정기를 구입했을 때 설명서를 읽어보기는 했지만 그 숫자가 자세히 어떤 의미인지 지금은 잊어버렸다. 설명서는 잃어버렸다. 다만 숫자가 5에서 20 정도면 공기가 좋은 거고 80, 90, 100…… 이렇게 올라가면 공기가 좋지 않은 상태라는 건 안다. (그 정도만 알아도 공기청정기를 쓰는 데는 별문제가 없다.) 창문을 닫아놓고 주방에서 요리를 했거나 바깥 공기가 아주 좋지 않은 날이거나 하면 공기청정기 숫자가 높다. 요리를 했으면 창문을 열고 환기를 한다. 바깥 공기가 좋지 않은 날에는 공기청정기를 하루 종일 틀어놓는다. 공기가 좋아지면 공기청정기를 끈다. 아침부터 공기가 좋은 날에는 공기청정기를 켜지 않는다. 그런 날에는 공기청정기를 켜지 않아도 공기가 좋다는 걸 알 수 있다. 공기가 아주 나쁜 날에도 마찬가지다.

요즘은 길을 걷다가도 공기를 눈으로 볼 수 있다. 미세먼지, 초미세먼지를 숫자로 보여주며 공기가 좋은지 나쁜지 알려주는 전광판이 곳곳에 있다. 기분 좋게 걷다가도 공기가 좋지 않다는 걸 확인하면 괜히 마음이 답답하고 시무룩해진다. 마음이 답답하고 시무룩했다가도 공기가 좋다는 걸 확인하면 기분이 괜찮아지기도 한다. 집에서도 그렇다. 아침에 일어나면 공기청정기를 켜본다. 숫자를 본다. 처음 공기청정기를 켰을 때 나오는 숫자는 왠지 그날의 기분인 것 같다. 나는 쉬지 않고 공기를 마셔야 하는 동물이어서 좋든 나쁘든 공기를 마셔야 하는데, 나쁜 공기를 마시면 기분도 별로 좋지 않다. 거북이도 그럴까? 우리 집에는 (함께 사는) 거북이가 한 마리 있는데 거북이는 물속에 한참 있다가 가끔 나와서 공기를 많이 마신 다음 다시 물속으로 들어간다. 몸을 말릴 때는 몇 시간이고 밖에 나와 있기도 하지만. 아무튼 자주 조금씩 공기를 마시든 가끔 많이 공기를 마시든 공기를 마셔야 하는 동물들은 아무래도 공기가 좋은 날에 기분도 좋지 않을까 싶다. 물론 공기가 좋은 날에도 기분 나쁜 일이 있을 수가 있고 별일 없어도 기분이 나쁠 수 있겠지만 그래도 공기가 좋은 날이 항상 있는 건 아니니까 아침에 일어났을 때 공기가 좋으면 오늘은 세상이 나를 기분 좋게 해주려고 하는구나, 생각하면서 세상과 함께 나도 내 기분을 좋게 해주고 싶다.

반대로 공기가 며칠 동안, 길게는 일주일도 넘게 계속 좋지 않을 때가 있는데 그럴 때는 정말 답답하다. 무슨 안 좋은 일이 생긴 것도 아닌데 기분이 좋지가 않고 두통도 있고 소화도 잘 안된다. 상태가 좋지 않은 상태로 산책을 나가면 기분이 안 좋아지는 생각들을 하게 된다.

공기는 중요하다. 내 기분 때문에.
(물론 숨을 쉬어야 하니까 공기는 중요하다.)

그런데 공기 때문에 흠칫 놀랄 때가 있다. 밤 늦게 혼자 방에 있는데 자동 모드로 켜놓은 공기청정기가 갑자기 휘이 소리를 내며 분주히 작동될 때다. 창문이 열려 있는 것도 아니고 내가 그 앞을 지나간 것도 아니고 나는 가만히 있었는데 갑자기 그렇게 공기청정기가 열심히 일을 하면 내 눈에 보이지 않고 내가 만질 수 없는 어떤 존재가 늦은 밤 내 방에 들어왔고 그걸 공기청정기가 감지한 게 아닌가 하는 생각이 든다. 언젠가 한 번은 현관의 센서 등까지 같이 켜져서 눈이 동그래졌었다. 누구세요? 물어보고 싶었지만 꾹 참았다. 대답하면 안 되니까.

지금 내 방의 공기는 나쁘지 않다. 숫자는 24, 왠지 내 기분도 그 정도인 것 같다. 공기는 기분과 비슷한 면이 있다. 눈에 보이지 않고 여러 가지 것들이 섞여 있다. 공기나 기분이나 아주 좋거나 너무 나쁘지 않으면 그걸 잘 모르고 산다. 다만 공기는 숫자로 측정할 수 있지만 기분은 그럴 수 없다.

만약 공기청정기의 숫자처럼 사람의 기분을 숫자로 측정할 수 있는 기계가 있으면 어떨까 생각해봤는데 왠지 기분이 나빠졌다. 그런 기계를 만드는 건 좋지 않은 것 같다고 생각했다. 기분이라는 게 그렇게 간단히 측정할 수 있는 게 아닌 것 같은데, 그렇게 간단히 측정할 수 있다고 생각하니 기분이 좋지 않았다. 공기청정기 숫자도 25, 26, 올라간다.

기분을 측정하고 있는 걸까?

초연하면 좋겠지만

　　돈에 대해 여러 가지 의견이 있을 수 있겠지만 나에게 돈은 대체로 나를 불안하게 만드는 것들 중 하나다. 나를 불안하게 만드는 것들은 여러 가지가 있는데 그중에서 돈은 남들과 나를 너무 쉽게 비교할 수 있게 한다. 어릴 때 친구와 키를 재며 영 점 몇 센티 차이로 우월감을 느끼고 패배감을 느꼈던 것과 비슷하다. 키도 숫자로 쓰고 돈도 숫자로 쓰니까 그러기가 쉬운 것 같다. 성적표의 숫자들도 마찬가지다. 그런데 학교를 졸업하고 어른이 되니까 (됐나?) 왠지 내 통장에 기록된 숫자들이 나의 성적표 같다. 이건 바보 같은 생각이다. 그런 바보 같은 생각을 하면서도 정작 돈이 된다고 하는 일들하고는 거리가 그다지 가깝지 않은 일을 하며 살고 있다. 아이러니하지만 왠지 그건 바보 같지 않은 것 같다. 그래서 지금 하는 일을 계속하면서 살고 있는 것 같다.

아무튼 돈을 비롯한 숫자로 표현되는 것들은 나를 불안하게 하고 바보로 만들기도 한다. 그래서 숫자로 말하기 좋아하는 사람들을 피해 다녔고 지금도 피해 다닌다. 나도 모르게 그렇게 된다. 불안해서.

돈이라는 것은 있다가도 없고 없다가도 있는 것이니까, 돈이 있으면 있는 대로 없으면 없는 대로 살면 된다고 한다지만 나는 그게 잘 안된다. 잘 안되는 것 중에 세 손가락 안에 든다. 나이를 먹어서,

결혼을 해서 그런지는 모르겠지만 어쩐지 갈수록 어렵게만 느껴진다. 아직 충분하다고 할 만큼 가진 돈이 없어서 그런 걸까? 대부분의 경우 돈은 있는 동안 내게 불안하게 있다가 곧 없어져서 나를 불안하게 만든다. 내게 돈은 쌓이는 것이 아니라 사라지는 것에 가깝다. (많은 것들이 그렇듯.) 돈이라는 게 원래 그런 것인지 돈을 잘 벌지 못하는 나의 문제인지 아직 잘 모르겠다.

초연하면 좋겠지만, 돈이 늘 충분히 있었으면 좋겠다는 생각이 내 불안한 마음속에 가득하다. 그런 생각이 짙은 안개처럼 마음을 가리고 있다. 그래서 애초에 내가 돈이라는 것에 초연할 수 있는 사람인지 아닌지도 잘 모르겠다. 돈에 대한 깊은 성찰도 없고 돈을 벌고 관리하는 능력도 시원찮은데 그저 '돈이 필요할 때, 돈이 있으면 좋겠다'는 생각만 주문처럼 웅얼거리며 살아간다. 그렇다면 최소한 돈을 필요할 때만 쓰고 불필요할 때는 쓰지 말아야 하는데 그러지도 못하면서 앵무새처럼 말만 되풀이한다. 앵무새는 말이라도 잘하는데 나는 정말 돈에 있어서 만큼은 시원찮은 인간이다. 이번 달 생활비가 적자라 오늘은 특히나 그런 생각을 하면서 글도 쓰고 책도 만들었는데, 그러고 있는 내가 좀 웃겼다. 생각해 보니 내가 글을 쓴다고 얼마나 돈을 벌겠으며, 책을 만든다고 얼마나 팔릴까 싶었다. 물론 꾸준히 하다 보면 운이 좋을 때를 만날 수 있을지도 모르겠지만 그건 나로서는 알 수가 없는 일이다. 다만 지금 할 수 있는 일을 하면서 차분하게 마음을 가라앉혀 보는 것이 내가 해야 할 일, 할 수 있는 일인 것 같다는 생각이 든다. 직감적으로. 마음을 가라앉히면 안개가 조금 걷힌다. 지금 하는 일로 그럭저럭 생활비를 벌 수 있음에 감사하며 살아가는 것이 최선이라는 생각이 든다. 그건 분명 감사한 일이다. 감사한

마음을 가지면 볕 좋은 날처럼 마음이 잠시 따뜻
해진다. 하지만 그러다가도, 곧 내 마음에는 다시
짙은 안개가 드리운다. 내 마음은 그런 곳이다. 날
씨가 자주 바뀌고, 흐린 날이 많다.

지금 하고 있는 일도 겨우 하는 나라는 사람이
앞으로 어떻게 돈을 더 벌 수 있을지, 나는 다시 불
안해진다. 2년, 3년 뒤에도 이 일을 하고 있을지
아닐지도 모르겠다. 모르겠다. 모르는 게 많아서
모자라는 것도 많은 걸까. 돈이 있든 없든 불안하
지 않을 방법이 있다면 알고 싶다. 그걸 알면 다른
건 몰라도 될 것 같으니까.

문득 남들은 어떻게 돈을 버는지, 어떻게 살아
가는지 궁금하다. 하지만 어쩐지 돈 얘기도 불안에
대한 얘기도 별로 듣고 싶지가 않다. 남이 하는 얘기
를 들으면 더 불안해질 것 같다. 나는 해버렸지만.

누군가 이 글을 읽고 듣고 싶지 않은 얘기를 들어버렸네 했다면, 미안합니다.

맑은 공기 속으로

책을 만들 때 쓰는 문구용 칼이 사라
졌다. 그걸 가지고 밖에 나간 적은 없다. 그러니
까 분명 집에 있을 텐데 있을 만한 곳을 다 뒤져봐
도 없다(없을 만한 곳도 몇 군데 찾아봤다). 칼을
잃어버리고 보름쯤이 지난 것 같다. 아직도 못 찾
았다. 그사이 기억을 더듬으며 청소도 하고 집 정
리도 했는데 도대체 어디에 있는지 알 수가 없다.

그 문구용 칼은 8년 몇 달 전 광명시에 살았을

때 광명시 어디에 있는 문구사에서 산 것인데 8년이 지나는 동안 내가 살았던 광명시 아파트는 재개발이 되어 흔적도 없이 사라지고 그곳엔 새 아파트가 세워졌다. 그리고 나는 다른 도시에 살면서 결혼도 했다. 그런 일들이 일어날 수 있는 8년 몇 달 동안 나는 독립출판을 하며 책을 만들었고 책을 만들 때는 항상 그 문구용 칼을 썼다. 그런데 어느 순간 사라졌다. 어느 날 마음 먹고 노트북 파일 정리를 하다 실수로 중요한 파일을 완전히 지워버린 것처럼 그 문구용 칼은 이 세상에서 삭제되었다. 그런 것 같았다. 나중에 이사를 갈 때 집에 있는 모든 짐들을 다 정리하다 보면 찾을 수도 있겠지만 그건 아주 나중 일이다.

칼을 잃어버렸지만 나는 날마다 책을 만들어야 한다. 바로 다른 칼을 구해서 책을 만들었다. 다른 칼은 기능적으로는 문제가 없었지만, 손에

잡히는 느낌이 익숙지 않아서 나는 어색한 기분이 들었다. 어쩐지 울적했다. 독립출판을 시작하고 8년 몇 달을 함께 해온 (말하자면) 나의 동료였는데 어느 순간 내가 잃어버렸다. 어쩌면 스스로 사라졌는지도 모른다. 내가 잃어버렸든 칼이 스스로 사라졌든 울적한 마음은 매한가지다.

새 칼은 책을 만드는 데는 문제가 없었다. 그러니까 어색한 느낌에 울적해지는 내 기분 같은 건 별로 중요한 게 아닌지도 모른다. 날마다 책을 만들면서 새로운 게 익숙해질 때까지 그걸 또 쓰면 될 일이다. (시간 문제.) 그런데 나는 다소 이상한 면에서 무던한 사람은 아닌 것 같다. 내가 고대 주술사는 아니지만 오랜 시간 함께 지낸 것들에는 그것이 사물일지라도 어떤 식으로든 영혼(같은 것)이 깃든다고 나는 믿고 있다. 그러니까 내게 오랫동안 썼던 물건을 잃어버린다는 건 그저 그걸

대체할 새로운 물건을 찾고 그것에 또 익숙해지면
되는 그런 문제가 아니다. 내게는 한 영혼을 떠나
보내는, 잘 떠나보내는 문제다. 나는 8년 몇 달 동
안 나와 잘 지낸 그 칼을 한동안 자주 그리워하고
그동안 수고했다고 조용하게 말해줄 것이다. 그러
면 그것에 깃들었던 영혼(같은 것)이 잠시 어쩌면
외롭게 떠돌겠지만, 결국 세상의 맑은 공기 속으
로 잘 스며들 것 같다.

　생각해 보니 그 문구용 칼은 요즘 내가 곁에
두고 쓰는 물건 중에서 가장 오래된 물건이었다.
이제는 그걸 애써 찾지 않고 잘 잊어줄 생각이다.

　오늘도 책을 만들었다. 새로운 문구용 칼로. 익
숙해지는 중이다.

　날마다 손으로 책을 만들다 보면 책에 내 손의
온기가 담기는 걸 느낄 때가 있다. 그러면 좋은 곳
으로 가길 바란다고 책에게 말해준다. 내가 만드는

책들도 누군가의 곁에 오래 머무를 수 있길 바라며. 책도 문구용 칼처럼 하나의 사물이니까 곁에 오래 두면 그것에도 영혼 (같은 것)이 깃들 것이다. 내가 만드는 책이 누군가가 곁에 오래 둘 만큼 멋진 사물인지는 모르겠지만, 꼭 가장 멋져야만 가장 소중한 건 아니니까, 누군가 나름의 이유로 소중히 간직해줬으면 좋겠다.

그리고 언젠가 나도 사라지면 사라진 나를 한동안 자주 그리워하고 그동안 수고했다고 누군가 나를 떠올리며 조용히 말해주면 좋겠다. 그러면 나도 세상의 맑은 공기 속으로 잘 스며들 것 같다.

구경

　　사람들은 모두 구경한다. 나도 마찬
가지다. 다른 사람들을 구경하고 그들을 구경하는
나를 구경한다. 누군가와 이야기하는 나를 구경한
다. 내 머릿속 생각을 구경하고, 내가 하는 말들을
구경한다. 대화가 잠시 멈춘 다음 찻잔을 들고, 차
를 연달아 두 번 홀짝이는 나를 구경한다.

　　똑똑 손톱을 자르는 나를 구경한다. 딱딱 발톱
도 자른다. TV 뉴스를, 오늘 대낮에 일어난 살인

사건을 구경한다. 나는 어떤 생각을 하고 싶다. 어떤 생각을 하고 있다. 옅은 안개 같은 생각인데, 그걸 내게 말해주고 싶다.

"저런 일은 나에게도 일어날 수 있어."

어떡하지?

자른 손톱과 발톱을 쓰레기통에 버리는 사이 (버리는 걸 구경하는 사이) 뉴스는 다른 소식을 전해준다. 살인 사건은 금세 잊어버리고 다른 소식을 구경한다.

이불을 덮고 하는 걱정들은 푹 자고 다음 날 아침이 되면 별게 아닌 게 된다는 걸 경험적으로 알지만 밤마다 나는 심각하다. 밤에 자려고 누웠을 때 하는 걱정들은 구경하는 게 아니고 정말로 내가 하는 일 같다. 그러니까 나는 겹겹 껍질이 단단한 또 다른 나로 둘러싸여 있는데 밤에 잠을 자려고 하면 (잠을 자기 전 무겁고 불편한 옷들은 벗고 편한 옷으로 갈아입는 것처럼) 내가 겹겹이 벗겨지고 알몸 같은 나만 남게 되고 그 알몸 같은 나는 제대로 할 줄 아는 게 걱정뿐인 것 같다는 생각이 든다. 걱정 말고 나는 하루 종일 껍질이 단단한 내가 하는 생각과 행동들과 주변 사건들을 구경하는 일만 한다.

오늘 밤도 나는 눈을 감고 걱정걱정 어찌어찌 뒤척이다 잠이 든다. 눈을 감고 잠에 스며들면 영화의 마지막 클로징 크레디트처럼, 까만 배경 위로 오늘 있었던 일들 몇 장면이 떠오른다. 꽤 인상적인 장면도 있고 왜 떠오르는지 알 수 없는 장면도 있다. 어쨌든 그걸 구경한다. 구경하고. 그러다 언제인지 모르게 잠이 들면 일단 오늘의 구경은 끝이다. 구경이 끝나면 꿈을 꾼다. (요즘은 꿈을 자주 꾼다.) 꿈은 영화가 다 끝나고 나오는 짧은 쿠키영상 같다.

별것도 아닌 일에 불안해하는 작은 개

　　　　내가 사는 동네에 있었다가 없어진 것들이 많다. 요즘 들어 부쩍 그런 것 같다. 외식을 하고 싶은데 메뉴가 생각이 안 나면 가던 샤부샤부집도 없어졌고, 공원으로 자전거를 타러 가는 길에 종종 바람을 넣던 자전거집도 없어졌다. 날이 쌀쌀하면 지나가다 캔커피를 사 먹었던 편의점도 없어졌고 평소보다 돈을 많이 벌었을 때 가던 조금 비싼 해물전골 요리 가게도 없어졌다. 집 근처 정류장에 정차하던 잠실 가는 광역 버스는 노선이 변경되어 이제는 정차하지 않는다. 아내와 때때로 가서 시간을 보내다 오는 2층 카페도 어제 가봤더니 텅 비어서 문에 '임대'라고 적힌 종이가 붙어있었다. 그리고 대로변에 있던 펫 숍도 없어졌다. 그곳 작은 투명 상자 안에서 오도카니 앉아 있기도 하고 폴짝폴짝 뛰기도 하던 강아지들도 사라졌다.

이렇게 쓰고 보니 동네가 텅 비어버린 느낌이 들지만, 없어진 것들 대신에 새로 있게 된 것들이 그 자리를 채워가는 중이다. 샤부샤부집 대신에 프랜차이즈 햄버거집이, 사라진 편의점 자리에는 샌드위치 가게가 오픈 준비 중이다. 펫 숍 자리에는 탕후루 가게가 들어왔다.

동네에 있었다가 없어진 것들이 많지만 그래도 공원은 없어지지 않고 늘 있다. 걸어서 10분

거리에 중랑천을 따라 이어지는 공원이 있는데 아주 춥거나 아주 더울 때가 아니면, 눈이나 비가 아주 많이 오는 날이 아니면, 자주 공원에 나와서 걷는다. 걷다가 앉아 있기도 하고 가끔 뛰기도 한다. 자전거를 탈 때도 많다. 아무리 최선을 다해도 내 자전거는 속도가 잘 나지 않아서 많은 자전거들이 나를 앞질러 간다. 가끔 괜히 자존심이 약간 상하기도 하지만, 그러지 않기로 했다. 그저 자기만의 속도로 가는 것에 집중하면 누군가 나를 앞질러 가도 별로 신경 쓰지 않을 수 있다는 걸 알아가는 중이다.

오늘은 바람이 차고 많이 분다. 햇볕은 포근하고 따뜻하다. 공기도 맑고 햇빛도 밝다. 나는 공원에 왔다. 오늘은 걸어왔다. 자전거를 타려고 했는데 바퀴에 바람이 빠져있었다. 공원에 자전거를 타러 가는 길에 바람을 넣던 자전거집이 없어졌다는 걸 떠올리고 그냥 걸어왔다. 시간은 오후 네 시가 조금 넘었다. 사람들이 지나다닌다. 이런 오후에 산책하는 사람들은 편해 보인다. 개와 함께 산책하는 사람들이 꽤 많다. 하얀 개. 갈색 개. 검은 개. 빨간 옷을 입은 개. 개와 개가 만나면 싫어하거나 좋아하는데 오늘 공원에서 본 개들은 열에 아홉은 서로 으르렁댔다. 그래도 산책하는 개들은 좋아 보였다. 사라진 펫 숍의 강아지들은 어디로 갔을지, 문득 궁금했다. 사람들과 함께 리듬을 맞추며 산책로를 걷는 개들을 보면서, 나도 언젠가 어느 세계에서는 개이지 않았을까, 하는 생각을 했다. 회색 치와와였을 것 같다. 별것도 아닌 일에 불안해하는 작은 개.

타박타박 산책하는 치와와처럼 1시간 정도 공원을 걸었는데, 나는 참 별것도 아닌 일에 잘도 불안해한다고 생각했다. 왜 그러는지, 갈수록 겁이 많아지고…… 물론 별것도 아닌 일에 불안해하는 작은 나에게 지금 겪는 불안은 별것도 아닌 게 아니지만, 시간이 지나고 불안했던 마음이 편해지면 곧 알게 된다. 별것도 아닌 일에 불안해했잖아, 하고.

그래도 오늘은 잠을 잘 자서 그런지 그냥 그런 시기가 온 건지 앞으로 겪을 어떤 일이든 어떤 감정이든 잘 감당해 보자고 마음먹었다. 잘 불안해하고 겁 많은 내가 과연 그럴 수 있을까 싶지만 그렇게 잘 감당할 수 있는 사람이 될 수 있으면 좋겠다고 생각했다. 0.5mm 정도, 그동안 나도 모르게 떠 있었던 발바닥이 지면에 닿는 것 같았다. 발바닥이 지면에 닿는, 그 기분을 잘 느껴보려고 했다. 그리고 지금 나의 속도에 집중해서 잘 걸어가면 된다고, 다짐하듯 내게 말해주었다. 갑자기 허공에 대고 엉엉 짖고 싶었다.

공원을 벗어나 집으로 가는 길에 맞은편에서 오던 귀여운 푸들을 보고 눈썹을 치켜올려 슬쩍 눈인사를 했다. (그랬을 뿐인데) 푸들이 으르렁댔다. 나는 불편한 상황을 만들고 싶지 않아서 조금 빨리 걸었다. 내 속도보다 빨리 걸어야 할 때는 빨리 걸어야 한다.

사탕

　　　　　외투 주머니에 사탕이 있다. 언제부
터 있었는지 모르겠다. 사탕을 즐겨 먹은 건 오
래 전인 것 같은데. 모르긴 몰라도 외투를 세탁기
에 넣고 돌린 것도 같은데, 주머니에 사탕이 있다.
1개. 하얀색 박하사탕. 먹지는 않고 버리지도 않
고 도로 주머니에 넣었다. (딱히 둘 데가 없어서.)

　‘이런 일이 전에도 있었나?’

우울한 날이다.

어딘지도 모르게 걷다가, 주머니에서 사탕을
다시 꺼내 입에 넣었다.

신도시

　　　집 근처 버스정류장에서 버스를 타고 한 시간 좀 넘게 가면 신도시에 갈 수 있다. 그곳 신도시는 여느 신도시처럼 초고층 브랜드 아파트들이 즐비하게 들어서 있고 도로는 넓고 반듯하다. 잘 만들어놓은 커다란 공원들과 커다란 상가 건물이 있다. 카페도 많고 식당도 많다. 상가 건물 벽면에 걸려있는 수많은 간판들은 질서정연하다. 공공시설들은 흠집 없이 깨끗하고 사람들의 옷차림도 깔끔하고 도로 위의 자동차들도 겉모습이 말끔하다. 신호등이 보행 신호로 바뀌고, 폭이 넓은 횡단보도가 길을 건너는 중학생들로 꽉 찬다. 신도시 풍경 속에 있는 아이들은 왠지 단정해 보인다. 학교가 끝난 아이들은 어디론가 간다. 학원에 가는 걸까. 그리고 버스정류장 뒤쪽에 있던 한 무리의 아이들이 누군가를 발견한다. 멀끔하게 키가 큰 남자다. 아이들이 달려간다. 학원 선생님 같은데, 중학교 교복을 입은 남자아이들 네 명이 그에게 달려가 안기고 매달린다. 인기가 많은 선생님 같다. 왠지 신도시 아이들은 집과 학교와 학원만 오갈 것 같다. 아무튼 그렇게 학원 선생님을 좋아하는 아이들은 처음 봤다. 아닐 수도 있겠지만, 그 장면을 보고 신도시 애들이라 그런가 보다 했다.

햇빛이 쨍하고 구름 없이 맑은 날이면 나는 가끔 신도시에 가고 싶다. 신도시에 가고 싶을 때가

있다. 우중충하게 비가 내리는 날에는 가고 싶다
는 생각이 들지 않는데, 구름 없이 맑은 날에는 신
도시에 가서 그곳에 사는 사람처럼 그곳에 있고
싶다. 신도시 초고층 아파트 수많은 칸들 중에 내
칸은 없지만, 맑은 날 가끔 가서 그러는 거니까 신
도시 사람들도 이해해 줄 거라 생각한다.

　　신도시를 산책하면 걷는다는 느낌보다는 커다
란 배를 타고 천천히 떠다니는 느낌이 든다. 길이
넓고 건물들이 워낙 크니까 내 두 다리 보폭으로
는 아무리 움직여도 풍경이 잘 바뀌지 않는다. 꽤
걸었다고 생각했는데 아직도 공원을 통과하는 중
이고, 꽤 걸었다고 생각했는데 아직도 같은 아파
트 단지가 보인다. 그리고 신도시는 허허벌판에
반듯반듯하게 만들어놓은 계획도시여서 도시 건
설 게임 안에 들어와 있는 것 같은 기분이 든다. 나
는 누군가 잘 만들어 놓은 게임 속 도시 안을 돌아

다니고, 신도시는 아직도 만들어지는 중이다. 공원 주변으로 도심 속 전원주택 단지 공사가 한창이다. 아직 공사 중이지만 한눈에 봐도 비싸 보이는 주택들이다. 검색해 봤는데 내 예상보다 훨씬 비싸다. 정년을 마치고 퇴직한 사람들을 위한 집인 걸까. 무슨 일을 어떻게 해야 퇴직을 하고 그런 집에 살 수가 있는 걸까. 뉴스를 보면 퇴직 후에도 여유가 없어 다시 일을 구하는 사람들이 많다던데. 나는 지금 내가 하고 있는 일에 대해 생각했다. 내가 하고 있는 일은 딱히 정년도 퇴직도 없는 것 같은데, 이 일을 언제까지 할 수 있을까? 60살이 넘었을 때, 70살이 넘었을 때, 나는 어디에 살고 있을까? 먼 이야기 같지만 요즘 내 시간의 속도계를 보면 금세 알게 될 것 같다. 시간이 너무 빨리 간다.

신도시에는 아무튼 좋은 (좋아 보이는) 집들뿐이다.

가끔 신도시에 가면 가끔 부동산에 들러서 괜히 신축 아파트 구경을 해보는데, 신축 아파트가 어떤 곳인지 궁금하기도 하고, 가보면 새로운 마음도 생기고 그래서 구경해 본다. 당장 그곳에 살 수는 없어도 구경은 해볼 수 있는 거니까, 나는 단지 내 새로운 마음을 구경해 보고 싶어서 부동산 사장님을 번거롭게 한다.

신축 아파트에 가보면 모든 게 다 새거다. 낡은 게 하나도 없다. 낡은 게 하나도 없어서 아직 시간이 1초도 지나지 않은 공간 같다. 군더더기도 없어서 기분이 말끔해진다. 그런데 그뿐이다. 그곳에는 아무것도 없다.

모든 게 다 새거여서 신도시는 신도시다. 그런데 신도시는 여기저기 다 비슷해서 반나절 정도 지나면 지루해진다. 맑은 날 신도시에서 놀다가 지루해지면 집에 온다. 구도시에 있는 우리

집으로. 구도시에 있는 우리 집에는 아내와 내가
함께 보낸 시간들이 있다.

심심하게 신발만 보다가

운 좋게 지하철 의자에 앉아서 나는 사람들 신발을 보고 있다. 신발의 색깔은 대부분 검은색, 흰색, 갈색이다. 가끔 보라색이나 어두운 녹색이 있고 아주 가끔 빨간색과 파란색과 노란색, 밝은 초록색이 있다. 적당히 때가 묻은 신발이 대부분이고 반짝반짝 잘 닦아 광이 나는 신발도 있고, 한쪽만 끈이 풀린 신발도 있다. 끈 풀린 신발을 신은 사람이 다음 칸을 향해 걸어갈 때 뭍에 나온 물고기처럼 신발의 끈이 파닥였다. 지금

지하철에 있는 신발들 중에 가장 재미있는 신발이다.

지하철은 지하에 있다. 나는 7호선을 타고 사가정을 지난다. 창밖은 풍경도 없이 어둡기만 하다. 지하철이 역에 정차할 때 잠시 밝아졌다가, 사람들을 태우고 출발하면 다시 어두워진다. 그럼 나는 다시 사람들 신발만 본다. 핸드폰을 보고 싶지 않아서 신발만 본다. 요즘에 나는 핸드폰이 싫다. 핸드폰을 켜서 SNS를 들여다보고 있는 것도 싫고 전화가 오는 것도 싫고 내가 전화하는 것도 싫다. 문자메시지는 몇 개 빼고는 모두 광고고 스팸이다. 메일은 중요한 게 많아서 핸드폰으로 확인하지 않는다. 집에 가서 노트북을 켜고 찬찬히 확인해야 마음이 편하다. 서점에서 들어오는 책 주문이 대부분 메일로 오기 때문에 차분히 확인해야 한다. 책 주문을 확인하는 일은 내게 중요하니까 실수하고 싶지 않다.

　게임은 하지 않은 지 오래됐다. 요즘은 게임을 하지 않는다. 예전에는 많이 했다. 어떻게 그럴 수 있었을까 싶을 정도로 많이 했을 때가 있었다. 지하철에서 사람들은 핸드폰으로 게임을 하던데 나는 무슨 게임이 재미있는지도 모르겠다. 내 핸드폰은 작고 작은 화면으로 게임을 하면 답답해서 하고 싶은 마음이 잘 들지 않는다. 차라리 심심하게 있는 게 좋은 것 같다. 요즘은 심심하게 있을 때가 제일 좋다. 심심하지 않으려고 부단히 노력하는 세상에서, 나만 왠지 특권을 누리는 기분이 든다.

　심심하게 신발만 보다가, 주변이 밝아지는 걸 느낀다. 나는 고개를 들어 창밖을 본다. 지하철이 한강 철교를 통과한다. 1분에서 2분 사이의 시간 동안 창문에 풍경이 생긴다. 한강은 넓다. 녹회색

강물이 물결을 그리며 흐른다. 심심한 신발을 신고 핸드폰을 보던 사람들 중 몇 명이 나처럼 한강을 보고 있다. 잠시. 쉬는 시간처럼.

행운과 행운

검색창에 행운이라는 글자를 쓰려고
키보드 자판을 눌렀는데 god라는 글자가 화면에
나타났다. ㅎ 은 g,ㅐ는 o, ㅇ 은 d⋯⋯ 그걸 잠시 보
고 있다가 지우고 한/영 키를 눌러서 한글로 행운
이라는 글자를 썼다.

행운을 네이버 어학사전에 검색해 보면 좋은
운수. 또는 행복한 운수. 그리고 다른 뜻으로는 지
나가는 구름이라는 뜻이 나온다.

새벽 2시 26분. 낮잠을 오래 자서 그런지 저녁에 커피를 마셔서 그런지 잠이 오지 않아서 부엌 식탁 의자에 우두커니 앉아 있다. '행운'을 생각한다. 그게 필요하다고 생각한다. 어떻게 하면 행운이 찾아올까? 생각해 보다가 아리송해서, 사전을 검색해 봤다.

뭐가 뭔지 모르겠을 때 요즘은 사전을 검색해 본다. 단어의 사전적 의미만으로 뭘 제대로 알 수는 없겠지만 그래도 어떤 단어를 사전에 검색해 보면 어떤 사람과 인사를 나누고 아는 사이가 되는 것처럼 그 단어와 아는 사이가 될 수 있다. 그때부터 알아가면 된다.

당연하게도 행운은 좋은 운수라는 뜻이다. 하지만 그뿐, 사전에 행운이 나를 찾아오는 방법 같은 건 나와 있지 않다. 그저 이름만 말해주었을 뿐 그 이상 대화를 할 수가 없어 어쩐지 가깝게 지내기 힘든 사람 같다. 그런데 지나가는 구름이라는 뜻의 행운은 대하기가 부담스럽지 않고 편하다. 하늘에 구름이 지나가는 그 모습도 어렵지 않게 그려볼 수 있다. 이제 행운이라는 단어를 보면 토요일의 복권보다 유유히 하늘을 떠다니는 구름들을 떠올릴 것 같다. 좋은 운수라는 뜻의 행운보다 지나가는 구름이라는 뜻의 행운이 지금 내게 더 필요한 행운이라는 생각이 든다.

살아가며 생기는 나의 구름들이 나를 잘 지나가기를 바란다.

코털 가위

하루 종일 콧속이 이따금씩 간지러웠다. 시간을 내서 거울을 보니 코털이 삐져나와 있었다. 삐져나온 코털이 나를 간지럽히고 있었다. 코를 씰룩씰룩 움직이면서 시간을 내서 가까운 편의점에 코털 가위를 사러 갔는데 없었다. 다른 편의점에 가서 코털 가위를 샀다. 집에 와서 코털을 깔끔하게 정리하고 소설을 한 편 썼다. 짧게 썼다. (내가 느끼기에 나는 늘 짧게 쓴다.) 이 책에는 내가 쓴 에세이들을 모아두었지만 나는 쓰고 싶은 대로 에세이도 쓰고 소설도 쓰니까, 이 책은 나에 대한 이야기를 모아둔 책이기도 하니까, 코털을 깔끔하게 정리하고 쓴 소설 한 편을 남겨둔다. 실화를 바탕으로 하였다. 제목 : 코털 가위.

「코털 가위」

편의점에서 아르바이트를 하는 기숙사 룸메이트가 일을 마치고 방에 들어왔다. 그가 문을 열고 들어왔고 그러는 바람에 나는 무슨 일을 하려다가 순간 그걸 잊어버렸다. 나의 방이기도 하지만 그의 방이기도 하니까 그가 갑자기 들어오는 게 갑작스러운 일도 아닐뿐더러 그와 내가 노크 없이 이 방에 드나드는 일은 늘 있는 일인데도 나는 오늘따라 괜히 놀라서 하려던 일을 잊어버리고 눈에 잘 띄지 않는 작은 물건을 찾는 것처럼 주변을 훑어보고 있었다. 바닥을 살피고 책상 아래 그늘진 곳, 모서리 같은 곳에 시선을 두고 있었다. 괜히 그러고 있었던 것이다. 방에 들어온 그가 내게 뭘 그렇게 찾고 있냐고 물었다. 나는 아무것도 아니라고 했다. 그는 가방을 벗어 책상 위에 내던지듯 올려놓고 의자에 몸을 비스듬히 하고 앉았다.

앉아서 바로 이야기를 시작했다. 그가 말했다.

"일 끝나는 시간이 지났는데 다음 알바가 안 와서 오늘 한 십오 분쯤 더 있다 왔거든. 그래서 좀 짜증이 나있었는데 어떤 손님이 왔어. 키가 좀 크고 걸음걸이가 휘청휘청했는데 술을 마신 것 같진 않았지. 뭘 찾더라고. 좁은 편의점을 긴 다리로 휘청휘청 걸어 다니면서. 한참을 찾았어. 오 분? 십 분? 아무튼. 원래 같으면, 뭘 찾으세요 손님? 이렇게 물어보거든 내가? 근데 왠지 그 사람한테는 물어보고 싶지가 않더라고. 그 사람도 나한테 물어보지도 않고. 편의점을 몇 바퀴나 돌면서 계속 찾더라고."

"뭘 그렇게 찾아?"
내가 물었다. 나도 내 의자에 앉았다.

"어, 그러다가 마침 다음 근무자가 들어와서 바로 퇴근할까 하다가 이 사람이 뭘 그렇게 찾았는지 궁금한 거야. 그래서 다음 근무자한테는 내가 계산대를 잠깐 보고 있을 테니까 다른 일을, 그러니까 야외 테이블 정리 같은 걸 하라고 했지. 그리고 기다렸어. 그 사람이 뭘 찾든 찾아서 계산대로 그걸 갖고 올 때까지."

"뭘 갖고 왔어?"
내가 물었다. 그리고 동시에 내가 아까 하려던 일이 생각났다.

"그 사람은 좀 있다가 뭘 찾아서 계산대로 갖고 왔어."
"뭔데?"
"코털 가위."
"코털 다듬는 거?"

"어. 코털 가위를 사더라고."

"어."

"근데 그 사람 말이야, 얼굴을 봤거든, 보게 되더라고, 아무튼 얼굴을 봤는데 코털이 진짜 길었어. 코털이 삐져나온 정도가 아니라 정말 길어서 입술 선까지 닿아있더라."

"그런 사람이 어딨어?"

나는 입술 선까지 코털이 닿아있는 사람을 본 적이 없다.

"있더라고. 계산하는 것도 까먹을 뻔했어. 그 모습을 보고 있느라고. 하마터면 물어볼 뻔했지. 왜 코털 가위를 사세요?라고."

"그거야 코털이 너무 기니까 코털 가위를 샀겠지."

나는 내가 할 일이 생각나서, 그걸 하려고 대화에 나름 마침표를 찍었다.

"길어도 너무 길었어……." 그가 중얼거렸다. "근데 왜 그렇게 오래 찾았을까? 코털 가위를." 어쩌면 다른 걸 찾고 있었는지도 모르겠다는 생각이 스쳐 갔지만 그걸 그에게 말하지는 않았다. 할 일이 생각났고, 그걸 해야 했으니까.

나의 행복

길을 걷다가 하늘에 보름달이 떠 있어서 멈춰 섰다. 오늘 밤 달은 유난히 크고 밝고 동그랗다. 평소보다 훨씬 달이 가까이 있는 것 같다. '이런 날에는 소원을 말하는 내 목소리를 달이 더 잘 들을 수 있지 않을까?'

나는 달이 떠 있으면 달에 말을 건다. 달을 대상으로 신앙을 가지고 있는 건 아니지만 달은 내가 좋아하는 것이고 달과 만나는 시간은 주로 내가 혼자 있는 밤이어서 말을 건다. 할 말이 없어도 잠시 바라보고 있게 된다. 오늘이 정월대보름이나 추석 같은 날은 아니지만 집에 가는 길에 잠시 멈춰서서 달에 소원을 빌었다. 소원을 빌기 좋은 달이 떠 있으니까, 달을 향해 주절주절 이런저런 소원을 빌었다. 일단 먼저 내 곁에 있는 사람들의 행복을 빌고, 나의 행복을 빌었다. 평소에 그랬던 것처럼. 그런데 왜 그랬는지 소원을 빌고 나서 소원을 들어주는 입장을 생각해보게 되었는데, 소원을 들어주는 입장에서는 소원이 짧고 간결할수록 그걸 들어주기 쉽지 않을까 싶었다. 아무리 인내심이 많고 마음이 넓은 달이어도 소원을 비는 사람이 나 한 사람도 아니고 (잘 모르겠지만 사람 말고 다른 동물이나 식물들도 바라는 걸 달에 빌고 있을 수도 있겠고 아무튼) 많은 이들이 바라는 걸 하나하나 모두 늘어놓고 있다고 생각하니 그걸 들어주는 입장에서는 아무래도 피곤한 일일 것 같았다.

그렇다면 어떻게 소원을 빌어야 할까. 들어주는 입장을 고려해서. 나는 집에 곧장 들어가지 않고 동네를 한 바퀴 더 돌았다. 그리고 앞으로는 짧고 간결하게 소원을 빌기로 했다. 이렇게.

'내가 행복하길 바람.'

내가 행복하려면 곁에 있는 사람들도 행복해야 하니까, 짧고 간결하게 일단 나의 행복을 빌면 듣는 달도 피곤하지 않고 곁에 있는 사람들도 자동으로 행복해질 것이다.

가내수공 독립출판. 이 일을, 나는 정말 어쩌다 보니 하고 있다. 2014년부터 지금까지 중단한 적 없이 아무튼 계속하고 있다. 말하자면 이것이 내가 직업처럼 10년째 하고 있는 일이라고 할 수 있는데, 생각하면 할수록 이상한 기분이 든다.

10년 전에 나는 공무원이 되려고 공무원 임용시험을 준비하고 있었다. 그 몇 년 전에도 그러고 있었다. 그보다 더 오래전에는 그저 학교를 다니며 아르바이트를 몇 개 했을 뿐이다. 그러니까 회사에서 직원으로 일을 하고 월급을 받아본다거나 가게를 열어 자영업을 하는 일 같은 건 아직까지 해보지 못했다. 물론 공무원 시험에는 계속 합격하지 못했기 때문에 공무원도 되지 못했다. 예전에 보냈던 시간들을 생각하면 아깝고 아쉽다. 그때 내가 하고 싶은 일이 뭔지 알고 그걸 좀 더 빨리 시작했더라면 좋았을걸, 하고 자주 생각했다. 하지만 그때의 나는 그럴 수 없는 사람이었다. 역시 마찬가지로 지금을 나중에 돌이켜보면 지금의 나도 뭘 모르는 사람일 것이다. 나라는 사람에 대해 내가 정말로 알고 싶은 것들은 시간이 한참 지나고 나서야 알게 된다. 그래서 지금의 나는 지금 내가 어떻게 살아가야 좋을지 잘 모른다. 지금 내가 알 수 있는 건 지금 내가 매일 하고 있는 일이고, 지금 내가 할 수 있는 건 그 일을 꾸준하고 성실하게 하는 것뿐이다. 그것이 최선이라고 믿고 있다. 그렇지만 한참 시간이 흐른 뒤 미래의 내가 지금의 나를 어떻게 바라보고 있을지 지금의 나는 잘 모르겠다. 지금의 나는 아무튼 미래의 내가 되겠지만, 지금으로서는 미래의 내가 까다로운 직장 상사 같다. 하루하루 열심히 살아보긴 하겠지만 미래의 내가 흡족해할지, 그동안 시간 낭비만 했다며 핀잔을 늘어놓을지 나는 알 수가 없다.

예전 나는 글은 전혀 쓰지 않았었다. 일기도 쓰지 않았고, 시험을 준비한답시고 주변 사람들과 연락을 거의 하지 않았기 때문에 누군가에게 편지조차 쓰지 않았었다. 그런데 그러던 어느 날, 일기도 편지도 아닌 소설을 쓰기 시작했다. 뜬금없이. 그건 정말 나에게는 그러던 어느 날 일어난 일이었다. 그때 내가 보내고 있었던 일상들은 너무도 답답하고 무료했다. 공무원 시험을 준비하고는 있었지만 사실 뚜렷한 목표 의식이나 의지도 없었다. 그래서 내 마음속, 나도 예상하기 힘든 곳에 구멍을 냈다. 구멍을 내고, 소설을 썼다. 내가 쓰고 싶은 대로. 내 마음대로. 내가 예상할 수 있는 곳에 구멍을 내려 했다면 그때의 나는 서둘러 그걸 막아버렸을 것이다.

나는 그 구멍을 통해서 다른 세계로 빠져나가고 싶었다. 그리고 빠져나왔다.

그 후로 소설들을 몇 편 더 쓰고 집에 있는 프린터로 출력을 하고 종이를 자르고 붙여서 책을 5권 만들었고, 그걸 떨리는 마음으로 서점에 보냈고, 공무원 시험 준비는 그만두고, 글을 좀 더 쓰고 책을 좀 더 만들고, 그 일을 더 좋아하게 되고 여차저차 10년이 지나게 되었다. 10년 동안 독립출판으로 생활비를 벌었다. 독립출판이 좋았고, 독립출판을 하는 사람들이 좋았기 때문이다. 그리고 그때는 혼자 대충 살던 때라, 얼마가 정산되어

들어오든 계속 글을 쓰고 책을 만들었다. 하다 보니 그렇게 일하며 사는 게 내 성격에도 잘 맞는 것 같았다. 독립출판을 하기 전에 나는 내 비위를 맞추는 게 힘들었다. (이래저래 까다로운 성격이다.) 그래도 성격에 맞는 일을 하다 보니 내 마음도 편해졌다. 어떤 측면에서는.

그런데 어떤 측면에서는 불안해지기도 했다. 이 일을 스스로 직업으로 인정하고 결혼도 하고 보니, 아무래도 어느 정도는 안정적으로 생활비가 있었으면 좋겠다고 바라게 되었다. 바라는 게 있으면 불안해지기 마련이다.

회사원의 월급처럼 예측 가능하고 일정한 수입이 들어오는 게 아니라서 당장 이번 달에 책값으로 서점에서 얼마가 정산되어 들어올지, 다음 달에는 또 어떨지, 나로서는 잘 알 수가 없다. 이번 달 통장에 최소한 얼마가 있어야 하는지는 알지만. 그래서 생각보다 정산이 잘 되지 않는 달에는 언제까지 이 일을 할 수 있을까, 하며 밤 11시에 걱정하고 1시에 베개에 얼굴을 묻고 3시에 잠이 든다. 그런데 그다음 날 볕 좋은 낮에 은행앱 입금 알림이 오고 예상치 못한 금액이 입금되어 있으면 또 마음이 한결 편해져서 밥도 잘 먹고 잠도 잘 잔다. 생각하면 할수록 이상한 기분이 든다는 게 이 부분이다. 글을 쓰고 책을 만드는 일은 내가 나름대로는 예측할 수 있는 부분이고, 내 에너지와 의지로 좀 더 해볼 수도 있는 일이지만 내가 만든 책이 서점에서 얼마나 팔릴지, 정산은 얼마나 될지…… 그러니까 이번 달 생활비로 쓸 수 있는 돈이 얼마가 될지는 내가 거의 예측할 수가 없다. 그런데 누군가(신 아니면 서점 사장님들) 나를 지켜보고 있는지 당장 쓸 돈이 부족해서 이 일을 그만둬야 하나, 한숨 쉬고 걱정하고 있으면 이상하게도 필요한 돈 얼마쯤을 서점에서 보내준다.

더도 아닌 덜도 아닌 정말 필요한 만큼이 입금된다. 그러면 다시, 계속할 수 있게 된다. 그동안 그런 일들이 꽤 많이 있었다. 생각할수록 이상한 기분이 든다.

그리고 내 책을 읽고 좋아해 주는 사람들이 여전히 있어서 다행이다. (앞으로도 있었으면 좋겠다. 정말로.) 그런 사람들이 여전히 있다는 것도 나로서는 신기하고 감사하고 이상한 일이다. 예전의 그 무료하고 답답한 세계에 구멍을 하나 내고 빠져나와 여차저차 이 신기하고 감사하고 이상한 독립출판 세계에 도착해 살고 있다. 나는 이곳이 좋다. 있을 수 있다면 이 세계에 오래 있고 싶다. 10년 뒤의 내가 어떻게 생각할지 모르겠지만.

주변의 숲

　　비 내리는 월요일이다. 월요일에 비
가 내리면 일요일 같다. 월요일은 일주일의 시작
인데 (달력을 보면 일요일이 시작인 것 같지만) 시
작부터 비가 내리면 어쩐지 시작 같지가 않고 아
직 일요일이 끝나지 않은 느낌이다. 그게 좋을 때
도 있고 좋지 않을 때도 있다. 오늘은 월요일에 비
가 내려서 좋았다. 적당히 내렸고, 온도도 적당해
서 좋았다.

비가 내렸다 그치면 세상은 맑고 선명해진다. 꽃과 나무가 내뿜는 향취가 맑은 공기 곳곳에 스며있다. 적당한 온도의 바람이 불고, 나는 꽃과 나무의 향취를 코로 들이마신다.

우리 집 뒤쪽에는 산이 있다. 자주 가는 건 아니지만 베란다에서 산이 보이기 때문에, 특히나 비 내리는 날에는 색이 선명해서, 숲을 잘 구경할 수 있다. 오늘 같은 날에는 집에 있어도 숲속에 있는 것 같다. 적당하게 비가 내려서, 오늘은 다른 날보다 창밖을 오래 바라봤다. 비를 맞고 단순한 춤사위로 몸을 흔드는 나무들과 바람을 따라 산의 숲속 위를 행진하는 허연 비구름들을 구경했다.

집 주변을 산책할 때면 자연스럽게, 숲이 있는 곳을 찾아간다. 내가 사는 곳 주변에도 숲들이 있다. 내가 사는 아파트 단지 안에도 숲이 있고 작지만 집 앞 마트 사거리에도 숲이 있다. 사거리에서 오르막길을 걸어 셀프 세차장 옆길로 난 계단을 내려가면 우리 집 베란다에서 보이는 숲이 나온다. 여러 가지 풀과 나무들이 많다. 산으로 올라가도 되지만 그 아랫길을 따라 내려가도 된다. 아래로 가면 하천 공원이 나온다. 그곳에도 숲이 있다.

우리 집 베란다, 그러니까 적당한 거리에서 보는 숲의 모습은 누군가의 말쑥한 얼굴 같다. 말쑥한 얼굴을 보면 나도 말끔해져서 기분이 좋다. 그런데 그건 숲의 얼굴만 보는 것이다. 아파트 단지를 빠져나가 사거리를 지나 오르막길을 걸어 셀프 세차장 옆길로 난 계단을 내려가 보면, 그곳에 있는 숲속으로 들어가 보면 시들고 병든 나무도 있고 부러진 나뭇가지들도 있다. 비가 내리면 여기저기 진창들이 생긴다. 뾰족한 돌과 쓰레기들도 있다. 숲을 지날 때는 조심히 걸어야 한다. 해가

지고 밤이 오면 길을 잃을 수도 있다. 숲속은 마음 같고, 숲속을 걸으면 마음속을 통과하는 것 같다.

얼굴이 말쑥해도, 시들고 부러지고 뾰족한 것들이 마음에 있다.

나는 숲에서 내 마음을 본다. 시들고 부러지고 뾰족한 것들을 본다. 마음이 그런 건 자연스러운 일이라는 걸 알게 된다. 내 마음속이든 남의 마음속이든, 마음속을 걸어갈 땐 조심해야 한다는 것도 알게 된다. 그동안 조심하지 않았다는 것도 알게 된다. 조심스레 마음의 숲을 들여다보고 다정히 가꿔야겠다고 생각했다. 산책을 하다가 숲에 버려져 있는 쓰레기 하나를 주웠다.

오늘은 월요일에 비가 내려서, 끝나지 않은 일요일 같았다. 나는 월요일이든 일요일이든 비슷한 일상을 보내지만 오늘은 우산을 쓰고 주변의 숲을 찾아 일요일처럼 산책을 했다.

야생동물처럼

야생동물이 살아가는 모습들을 보여주는 다큐멘터리를 보다가 문득 내가 야생동물이라면 어떨까 생각해 봤다. 잡아먹는 쪽이든 잡아먹히는 쪽이든 과연 내가 야생에서 살아간다면 그곳에서 살아가는 데 필요한 것들을 잘 구해서 굶어 죽지 않고 잘 살아갈 수 있을까 궁금했다. 초식동물이라면 풀을 잘 찾아다닐 수 있을까, 특히 험한 겨울 같은 계절에, 육식 동물이라면 재빨리 달려가서 잽싸게 사냥감을 사냥할 수 있을까, 만약

무리가 있고 식구들이 있다면 그들까지 배불리 먹일 수 있을까. 그럴 수 있을까? 모르긴 몰라도 꽤나 힘들 것 같은데, 다큐멘터리에 나오는 야생동물들은 정말 고생을 하던데, 그러고 보니 사람으로서 지금 내가 살아가며 하는 고민들과 비슷하다. 그리고 사랑도 하고 싸움도 하고 기쁘고 슬프고 떠나고 다시 만나며 살아가는 모습들은 사람이나 야생동물이나 별로 다를 게 없다.

회사에 가지 않고 집에서 일을 하니까 말하자면 아침에 눈을 뜨는 시간이 출근 시간, 그때가 내 일과의 시작이다. 나는 알람도 맞추지 않고 잠을 잔다. 9시쯤 일어난다. 아침 9시다. 알람을 맞추지 않아도 9시면 눈을 뜬다. 그리고 초식동물이 풀을 찾아 먹듯 냉장고에서 먹을 걸 꺼내 먹고 산책을 하며 소화를 좀 시킨다. 글도 쓰고 책도 만들면서 할 일을 한다. 냉장고에 먹을 게 없으면 마트에 가서 돈을 주고 사냥을 한다. 마트에는 사냥감들이 아주 많다. 사자나 표범처럼 힘들게 들소를 잡지 않아도 돈만 있으면 손쉽게 소고기를 얻을 수 있다. 하지만 돈을 벌기가 힘든 일이다. 사자나 표범이나 사람이나 얻고자 하는 걸 얻기 위해서 마찬가지로 힘들어야 한다.

마트에서 사냥해 온 소고기로 저녁을 먹고 남은 식재료는 냉장고에 넣어둔다. 다음에 먹기 위해서다. 냉장고에 남은 식재료를 넣어두는 것이 사람과 야생동물을 구분할 수 있는 점이라고 생각했던 적이 있었는데 눈 속에 먹을 걸 보관해 두는 북극여우를 보고 사람만 그럴 수 있는 게 아니구나 했다. 딱따구리가 나무에 구멍을 뚫어서 거기에 도토리 같은 먹을 것들을 저장해놓는 걸 보고 또 사람만 그럴 수 있는 게 아니구나 했다.

저녁을 먹는 동안 날이 저물고, 나는 야행성

동물처럼 밤에도 할 일을 좀 하다가 잠이 오면 잠을 잔다. 그리고 다음 날 아침이 오면 알람 없이 9시쯤 일어나서 다시 할 일을 한다. 야생 동물처럼 살아가는 데 필요한 일들을 하며 나도 매일매일을 살아간다.

TV 채널을 돌리다가 야생동물 다큐멘터리가 나오면 예외 없이 멈추고 그걸 보는데 전에는 사람과는 다른 동물들의 생활상을 보는 게 그저 신기하고 재미있어서 그걸 보고 있는 줄 알았다. 하지만 곰곰이 생각해 보니 나는 야생동물에게서 지금 내게 필요한 무언가를 배우고 싶어 하는 것 같다. 위기를 헤쳐 나가는 지혜나 용기, 필요한 것들을 구하는 기술, 살아가며 생기는 환경과 상황의 변화, 우여곡절들을 자연의 섭리 속에서 받아들이고 적응하는 모습들…… 사실상 야생동물의 삶이나 내 삶이나 별로 다를 게 없으니까, 배울 게 있다면 배우고 싶다.

　나는 잘 살아가고 싶어서 자연을 동경하고 야생동물들을 동경한다. 그들에게서는 배울 점들이 많다.

과일이 사람을 슬프게 할 수 있나?

엊그제까지는 집에 레몬나무가 있었
다. 나무라고 하기에는 줄기가 초록색이고 단단하
지도 않아서 나무보다는 풀에 가까운 모양새였지
만. 내가 잘 키웠다면 레몬풀이 번듯한 레몬나무
가 되었을 것이다. 하지만 과정이야 어찌 되었든
결과적으로 나는 레몬나무를 잘 키우지 못했다.
레몬나무와 나는 서로 힘들어했다. 레몬나무는 결
국 시들어버렸다.

레몬나무는 인터넷으로 구매했다. 미리 집 앞 마트에 가서 화분과 흙을 사놓았다가 레몬나무가 문 앞에 도착했을 때 화분에 흙을 채워 레몬나무를 심었다. 마트에서 파는 화분 중에 가장 큰 화분을 샀는데 레몬나무를 심어놓고 보니 그리 크지 않은 것 같아 머쓱했다. 인터넷으로 더 큰 화분을 주문할까 했지만 집에 짐이 많아 여백이 많지 않다는 걸 깨닫고 그만두었다(그랬어야 했나 싶지만). 그래도 레몬나무는 생각보다 적응을 잘 했다. 길쭉길쭉 빨리 자랐다. 그런데 통통해지지 않고 키만 자라버려서 어느 때부터는 줄기가 힘이 없이 축 늘어졌다. 뒤늦게 지지대를 세워주었지만 너무 뒤늦었는지 레몬나무는 점점 힘을 잃어갔다. 인터넷을 찾아보며 이것저것 해봤지만 내가 뭘 하려고 할수록 레몬나무는 시들어갔다. 시들어가는 레몬나무를 보고 있으면 마음이 좋지 않았다. 다 내 잘못인 것 같았다. (같은 게 아니라 다 내 잘못이다.)

중학생이었을 때 잠시 장래 희망이 농부이기도 했는데, 정말로 커서 농부가 되지 않아 다행이다. 내가 식물 키우기에 전혀 재능이 없다는 걸 요즘 알아가고 있다. 그렇다는 걸 인정하는 중이다. 그동안 내가 괜히 키워보겠다고 집에 들였다가 죽은(인) 식물들이 너무 많다.

아무튼 레몬나무는 이제 없다. 레몬나무에게 미안하다 작별을 고하고 종량제봉투에 담아 보내주었다. 처음 레몬나무를 화분에 심었을 때 나는 레몬이 주렁주렁 열린 모습을 상상했고, 그렇게 그럴듯하게 자라면 주말농장 같은 텃밭이라도 구해서 옮겨 심어줘야지 생각했었다. 레몬은 수확해서 요리에도 넣어 먹고 주스도 만들어 먹으면 되겠다, 아니다 그래도 오랜 시간 직접 키운 건데 그렇게 먹어버리면 좀 그렇지 않나?, 먹긴 먹더라도 씨는 다시 심어줘야지……. 레몬나무를 심었던 날,

나는 그런 생각들을 했었다. 그리고 생각대로 되지 않았다. 나는 종량제봉투도 큰 걸 준비하지 못해서 레몬나무 줄기를 두 번 잘랐다. 그걸 옆에서 보고 있던 아내가 순수한 눈으로 "토막 살인하는 것 같아."라고 했고 나는 마음이 덜컥 내려앉았다. 레몬나무 줄기를 두 번 잘랐을 때, 자른 부분에서 레몬 향이 났다. 시들고 잘렸어도 레몬나무는 끝까지 레몬나무였다. 이제 레몬 향을 맡으면 문득 문득 슬퍼질지도 모르겠다. '서로 힘들었잖아.'하며 시들어가는 레몬나무를 결국 토막 내 살해한, 나의 죄책감과 함께. 더 잘 키웠어야 했다, 더 노력해서 살려봤어야 했다, 후회하고 있지만 지금 내가 할 수 있는 건 다시는 레몬나무를 키우지 않으리라 다짐하는 것뿐이다. 레몬은 마트에서 사 먹을 것이다.

마트에서 레몬을 사는 일은 비교적 쉽고 간단

하지만, 살아있는 무언가를 잘 키운다는 건 정말 어려운 일이다. 쉽게 생각하면 쉽고, 복잡하게 생각하면 복잡하고, 복잡하게 생각해도 쉬울 수 있고, 쉽게 생각해도 복잡할 수 있는 일이다. 열심히 하는 것보다 잘하는 게 더 중요한 일이지 않을까 싶다. 그런 일들이 있다. 무언가를 키운다는 것만큼은 그중에서도 가장 그런 일이 아닐까.

마지막 순간에, 레몬나무가 내뿜은 "난 레몬이었어." 향기는 잊기 어려울 것 같다. 레몬은 이제 나를 슬프게 하는 과일이다. 한동안 그럴 것이다. 과일이 사람을 슬프게 할 수 있나? 그럴 수 있다.

레몬나무가 없어서 그만큼, 화분 하나만큼 집은 넓어졌다. 다른 걸로 채우지 않고 여백으로 남겨둘 생각이다. 집에 짐이 너무 많다.

그런 일은 일어나지 않을 것이다

우리 집은 복도식 아파트 19층인데 문 앞 복도에서 종종 인사 한번 한 적 없는 이웃들을 만날 때가 있다. 이웃들과 나는 서로 마주쳐도 인사를 하지 않고 각자 갈 길을 간다. 그저 흘 끗 아주 잠깐 쳐다볼 뿐이다. 지금껏 아무 일도 일어나지 않았고 무슨 일이 일어날 것 같은 전조도 없었다. 하지만 나는 가끔 불안하다. 불안은 나의 편견 속에서 나오는 경우가 많다. 나는 내 불안과 편견을 중립적으로 대한다. 나의 불안과 편견을

지지하지도 않고 없애려고도 하지 않는다. 아무튼 내가 보았을 때 눈빛과 인상이 좋지 않고 덩치가 큰 이웃이 내 옆을 지나가면 나는 불안하다. 그 이웃은 가끔 밤에 괴성을 낸다. 밤에 벽을 뚫고 들려오는 그 괴상한 소리를 들으면 기분이 매우 좋지 않다. 나는 눈빛과 인상이 좋지 않고 덩치가 큰 그 사람이 그 이웃이라고 확신한다. 내 편견은 그는 무척 힘이 셀 것이고 충동적일 것이고 내 불안은 그가 아무 이유도 없이 나를 집어 들어 복도 난간 너머로 순식간에 던져버릴 수도 있으니 조심하라고 내게 말해준다. 그러고 보니 복도에 있는 난간이 높지가 않다. 힘이 무척 세고 악마 같은 사람이라면 충분히 그렇게 할 수 있는 난간 높이다. 나는 CCTV를 확인한다. 엘리베이터 앞에는 CCTV가 있지만 복도를 비추고 있는 CCTV는 없다. 그러니까 눈빛과 인상과 덩치가 수상한 그 이웃이 나를 순식간에 던져버리고 다시 집으로 들어간다면 나는 억울한 죽음을 맞게 된다. 그 사람은 아무런 처벌도 받지 않을 것이다. 이웃집이니까 경찰이 와서 이것저것 물어볼 수는 있겠지만 그 사람은 아무것도 모른다고 할 것이다. 아내는 음식물 쓰레기를 버리러 간 내가 한참이 지나도록 돌아오지 않아서 밖에 나가본다. 아파트 주민들이 웅성거리고 경찰과 구급대원들이 이미 이 세상 사람이 아닌 나를 수습한다. 아내는 내가 왜 그렇게 되었는지 짐작조차 못 한 채로 슬퍼할 것이다. 나에 대해 오해할 수도 있다. 나는 그저 그 악마 같은 이웃에게 살해당했을 뿐인데. 사람들은 내가 자살했다고 말들을 할 것이고 몇 가지 조사를 한 뒤 경찰들도 그렇게 결론 내릴 것이다. 그리고 그런 일은 일어나지 않을 것이다.

어젯밤 잠이 들기 직전에 일어나지도 않을 그 살인 사건이 갑자기 생각났다. 나는 가끔 그런다.

일어나기 어려운 억울한 일을 떠올리고 만약 실제
그런 일이 일어난다고 해도 뭘 어쩌지도 못할 거
면서 그런 일이 생기면 어떡하나 걱정을 한다. 아
내는 내가 세상을 너무 안 좋게 본다고 하지만, 나
도 내가 그렇다는 건 알지만, 그런 생각이 한번 시
작되면 바로 멈출 수가 없다. 멈추고 싶지 않아서
그런 건지도 모르겠다. 어젯밤 내가 만들어 낸 그
살인 사건 같은 공상이 시작되면 끝까지 가보고
싶다. 나는 마음이 뒤숭숭하고 잠이 오지 않아 2
시간을 뒤척였다.

*

　그렇게 내가 살해당하고 한 달쯤 뒤…… 아
내가 이 글을 본다. 내가 노트북에 써놓은 「그
런 일은 일어나지 않을 것이다」, 이 글을. 그제
야 내가 자살한 게 아니라 그 악마 같은 이웃에게

살해당했다는 걸 알게 된다. 아내는 경찰서에 가서 이 글을 보여주고 내가 이웃에게 살해당한 것이라고 말해보지만 그건 이미 자살로 종결된 사건이라고 하며 경찰들은 아내에게 집으로 돌아가라고 한다. 아내는 억울하지만 내가 쓴 글 말고는 이렇다 할 증거랄 것도 없으니 일단 집으로 돌아온다. 그다음 날 아내는 혹시 자신도 나처럼 그렇게 살해당할 수 있다는 생각에 인터넷으로 낙하산을 하나 구입하고 집밖에 나갈 때면 언제나 낙하산이 들어 있는 가방을 메고 다닌다. 그리고 복도에도 눈에 잘 띄지 않게 CCTV를 설치해 놓는다. 그러던 어느 날 아내가 그 악마 같은 이웃과 마주치게 되고 (그런 장면은 생각하고 싶지도 않지만) 아내도 나처럼 밖으로 내던져진다…… 그렇지만 아내의 등에는 낙하산 가방이 있고, 아내는 능숙하게 그걸 펼쳐서 사뿐히 지상으로 내려온다. 그 장면이 고스란히 CCTV에 녹화가 되고 결국 그 악마 같은 이웃은 경찰에 덜미를 잡히게 된다.

**

　이 글을 아내에게 보여줬다. 아내는 얼굴 표정
은 '얘를 어쩌면 좋지?'하는 표정이었는데 말로는
"그래, 그럴 수도 있겠네……"라고 해주었다. 그러
고는 하나 사줄 테니까 잘 매고 다니라면서 핸드
폰으로 '낙하산'을 검색했다. 좋은 사람이다.

스낵 컵

　　동네에 새로 문을 연 햄버거 가게에
서 사은품으로 컵을 받았다. 오픈 행사로 18,000
원 이상 음식을 주문하면 선착순 1,000명에게 컵
을 한 개씩 줬다. 앞쪽에 햄버거 회사 로고가 새겨
진 높이 10.5cm, 지름 9cm 크기의 흰색 컵이다.

　　햄버거 가게가 문을 연다는 건 전부터 알고 있
었다. 아내와 나는 동네 산책을 자주 하고 동네에
생기는 크고 작은 변화들에 대해 이야기하는 걸

좋아한다. 샤부샤부집이 다른 곳으로 이전을 하고
텅 빈 그 자리를 지나갈 때마다 우리는 그곳에 뭐
가 생길까 궁금해했는데, 어느 날 리모델링 공사
를 시작하며 3주 뒤에 프랜차이즈 햄버거 가게를
오픈한다는 현수막을 가게 입구에 걸어둔 걸 보게
되었다. 햄버거 가게가 문을 열면 아내와 함께 가
보기로 했다. 그리고 가게 오픈 다음 날 아침에 햄
버거를 먹으러 갔다. (오픈 날에는 건강검진 때문
에 못 갔다.)

　　우리가 처음부터 컵을 준다는 걸 알고 간 건
아니고 가서 어쩌다 보니 둘이 주문한 음식값이
18,000원이 넘었고, 사람이 많아(사람이 많았다)
점원이 바빴는지 오픈 행사에 대해 먼저 우리에게
말해주지 않는데, 햄버거를 먹기 시작하다가 창
문에 붙여진 오픈 행사 현수막을 보게 되었다. 두
명이 쓰기에 집에 컵도 많고 점원도 바쁜 것 같아

그냥 넘길까 하다가, 왠지 받아 가고 싶어서 영수증을 계산대로 가져가 컵을 받아왔다. 그때까지는 햄버거를 먹고 사은품으로 받아온 컵일 뿐이었고 주머니에 들어가는 크기는 아니어서 막상 그걸 집에까지 들고 갈 생각에 귀찮은 마음이 들었다. 그런데 아내가 햄버거를 몇 입 먹다가 내게 그랬다.

"그거 OOO(아내가 나를 부르는 애칭이다. 밝힐 수 없음.) 스낵 컵 하면 되겠다."

나도 햄버거를 몇 입 먹다가, 아내의 그 말을 가만히 생각해 보다가, 기분이 좋아졌다. 나만의 스낵 컵이라니. 그러니까 나만의 스낵 컵이라 하면 이제부터 차를 마실 때, 간식과 함께 음료수를 마실 때 나만 사용하는 컵이라는 것이다. 나는 앞에 커피나 홍차를 만들어두고 가만히 앉아 있는다거나 영화나 TV를 보면서 간식을 먹는 시간을 좋아하는데, 내가 좋아하는 그 시간들마다 나만의 스낵 컵이 함께 있다고 생각을 하니 점점 컵이 좋아졌고 사은품으로 받은 컵은 '나만의 스낵 컵'이 되었다. 반갑게도, 마음에 쏙 들어왔다. 그렇지만 컵에 이름을 붙이지는 않았다. 그저 '나만의 스낵 컵'이면 충분했다. 주머니에 들어가지 않는 크기지만 나는 집까지 컵을 잘 가져갔다.

지금 내 옆에는 '나만의 스낵 컵'이 있다. 책상 스탠드 불빛 아래에서 이 글을 쓰는 동안 나는 '나만의 스낵 컵'에 담긴 복숭아 홍차를 반쯤 마셨다. 홍차 맛이 좋다. 그리고 컵 밑에는 뜨개실로 만든 컵 받침이 있는데 아내가 뜨개질을 해서 (금방 했다) 오늘 만들어 준 것이다. 컵이 옷을 입은 것 같다. 둘이 잘 어울린다.

살아가다 아주 가끔 어쩌다 만나서 '나만의 무엇'이 되는 어떤 것이 나는 반갑다. 어떤 것이

'나만의 무엇'이 되는 일은 자주 있는 일이 아니다. 그건 억지로 내가 정할 수 있는 것도 아니고 누군가 그렇게 할 수 있는 것도 아니며 그저 오랜 시간이 지난다고 그렇게 되는 것도 아니다. 정말 아주 가끔 어쩌다 우연하게도, 어떤 것이 '나만의 무엇'이 된다.

새로 문을 연 햄버거 가게 햄버거보다 걸어서 15분 더 가면 있는 다른 햄버거 가게 햄버거를 더 좋아하지만 '나만의 스낵 컵'은 오래 소중할 것 같다. 나는 알고 있다. 내일 아침이 되면 이 컵에 커피를 내려 마시고, 과자나 쿠키를 먹을 때 음료수를 따라 마시고, 잘 씻어서 건조대에 물기를 말려 두고, 다음 날 또 커피와 홍차를 만들어 마실 거라는 것을.

우리 집

       아내는 집에서 그림을 그리고 나도 집에서 책을 만든다. 우리는 함께 산다. 우리 집에서. 집에는 그림 그리는 데 필요한 재료와 도구들, 책을 만드는 데 필요한 재료와 도구들이 있다. 그리고 가전, 가구, 여러 가지 생활용품들이 있다. 생각보다 많이 커버린 거북이도 한 마리 있고 거북이가 사는 수조도 있다. (거북이가 커진 만큼 수조도 커졌다.) 이제 쓸모가 없지만 아직 버리지 못한 물건들도 수납장 속 잘 보이지 않는 곳에 자리를 차지하고 있다. 집의 크기가 두 사람이 생활만 하기에는 적당하지만 그림도 그리고 책도 만들기에는 다소 좁은 감이 있다. 그래서 계속해서 집을, 짐을, 정리하고 있다. 마음을 먹고 많은 것들을 버렸는데 아직도 버릴 것들이 있다. 가구 배치를 수시로 바꿔보고, 줄자로 길이와 높이를 잘 재서 1센티도 낭비하지 않고 1센티라도 사용할 수 있는 공간을 넓혀보려고 노력하고 있다. 결혼을 하고 두 사람이 같이 생활한 지 1년 반 정도가 지나가고 있는데, 이제야 어느 정도 정리가 된 것 같다. 물건들이 나름대로 제자리를 찾아가고 있다. 집이 정리가 잘 되지 않았을 때는 외부에 작업실을 구해보기도 했는데 비용이 들기도 하고, 두 사람이 워낙 집을 좋아하다 보니까 여차저차 집으로 다시 들어오게 되었다.

우리 집은 작고 작업을 하며 생활하기에는

좁은 집이지만 아내와 나는 우리 집을 좋아한다. 크고 독특하고 괴괴한 웃음소리로 갑자기 잠을 깨우는 이웃이 옆집에 이사를 왔고 어김없이 밤 9시만 되면 공동 계단 창문에서 담배를 피워 우리 집 베란다로 냄새를 보내 미운 정을 나누는 이웃이 있지만, 우리는 우리 집이 좋다.

우리 집 베란다 풍경에는 사계절 옷을 갈아입는 멋진 산이 있고 그 아래 도로로 차들이 지나다닌다. 저녁 시간이 되면 도로 위 자동차들이 전조등, 후미등을 켜고 노랗고 빨갛게 긴 줄을 선다. 나는 베란다에 서서 퇴근길 자동차들을 본다. 자동차도 없고, 퇴근이랄 것도 없는 나는 다른 사람들의 퇴근길을 구경하며 하루가 저물어 가는 걸 확인한다. 그러다 가끔 어떤 저녁에는 쓸쓸하다. 사람들과 섞여 있지 못하고 늘 멀리 떨어져 있는 외딴섬 같은 기분이 든다. 그러니까 그런 기분이 드는 건 가끔이고 보통은 별 기분 없이 자동차들을 보고 있다. 저녁 하늘도 보고. 퇴근도 소속감도 없지만 나는 우리 집 작은 베란다에 서서 혼자 밖을 보고 있는 게 더 좋다.

전에 거실에는 작은 소파와 TV가 있었다. 지금은 아내가 그림을 그리는 공간이 되었다. 내가 보기에 작아서 그림을 그리기 충분하지는 않은 것 같은데 아내는 햇빛이 잘 들어와서 좋다고 했다. 나름대로 잘 그리고 있다. 소파는 부엌 테이블과 함께 두었다. 거기 앉아 밥도 먹고 쉬기도 하면서 거실을 대신하는 공간으로 쓰고 있다.

지난달에는 조립식 선반을 두 개 주문해서 거기에 짐들을 차곡차곡 정리했는데 덕분에 내가 글을 쓰고 책을 만드는 공간이 조금 더 넓어졌다. 정리하기 전에는 쌓아둔 물건들 때문에 방문을 반만 닫을 수 있었는데 이제는 다 닫을 수가 있다. 방문을

다 닫을 일은 거의 없지만, 아무래도 방문은 다 닫을 수 있어야 마음이 놓인다.

그동안 집을 정리하다 보니 이제는 집을 정리하는 일에 재미를 붙이게 되었다. 정리를 하면 할수록 쓸 수 있는 공간이 넓어지고, 집에 어떤 물건들이 있는지 알게 된다. 어떤 게 쓸모가 있고 어떤 게 쓸모가 없는지 알 수 있으려면 일단 집에 어떤 물건들이 있고 그것들이 얼마나 공간을 차지하고 있는지 알아야 한다. 물건을 잘 버리지는 못하지만 그래도 물건을 버리면 그만큼 집이 넓어지고, 집이 넓어지면 마음에도 여유가 생긴다는 걸 요사이 몸소 알아 가고 있다. 물건을 사는 것보다 버리는 게 더 좋을 수 있다. 무언가를 가져서 마음이 채워지는 것보다 버려서 홀가분해지는 쪽이 지금의 나에게는 더 필요한 일인 것 같다. 그리고 나와는 달리 아내가 중고 거래를 잘해서 물건을 처분할 때 한결 마음이 편하고 수월하다. 중고 거래를 하면 물건이 쓸모없는 채로 사라지지 않고 누군가에게 다시 쓸모 있는 물건이 되는 거니까, 그냥 버리는 것보다 마음이 덜 무겁게 물건들을 보내줄 수 있다.

시간이 갈수록 우리 집의 모습은 아내와 나 두 사람이 살아가는 모양이 되어 간다. 집을 단정하게 잘 정리하면 우리도 단정하게 잘 살아갈 수 있을 것 같다. 앞으로 우리가 우리 집에 언제까지 살고 있을지 알 수는 없지만, 지금 이곳에서 우리가 잘 지내고 있어 다행이다.

이 세계

　　　　돈과 글을 모아두려고 한다. 내가 사는 이 세계에서 살아가려면 돈과 글을 모아두어야 한다. 그러기 위해서 돈은 되도록 쓰지 말아야 하고, 글은 될 수 있는 대로 써야 한다. 그러고 싶은데, 나는 그 반대로 하고 있다.

　　글보다 돈을 많이 쓰면 이 세계가 나를 밀어내는 기분이 든다. 써놓은 글은 없는데 쓸 수 있는 돈이 떨어지면 마음이 불안해서 높은 곳에서 떨어지는 꿈을 꾼다. 예전 어렸을 때 들은 말로는 그런 꿈을 꾸면 키가 큰다고 했는데 이제는 어른이기 때문에 그런 꿈을 꿔도 내 키는 그대로다. 더 이상 자라지 않는다.

다만 잘하고 싶다. 나는 글을 잘 쓰고 싶다. 글을 잘 쓰고 싶다는 생각을 하면 글을 한 줄도 못 쓰게 된다. 예외 없이 그렇게 된다. 그러면 기분이 우울해서 돈을 쓴다. 돈이 떨어지면 (불안의 이유가 그것만은 아니지만) 나는 또 불안해진다. 불안은 글이 된다. 그걸 재료로 글을 쓸 수 있다. 잘 쓰려고 하지 않고 불안해서 쓰려고 하면 쓸 수 있다. 글을 쓰면 책을 만들 수 있고, 이 세계에 계속 있을 수 있다.

이 세계에는 그런 순환이 있다. 나는 스스로 이 세계에 들어왔고 이곳에서 잘 살아가고 싶다.

귤

요즘 귤을 정말 많이 먹고 있다. 겨울
에 접어들면서 일인지 코로나에 독감까지 연이어
걸려 버렸다. 코로나는 팬데믹이 시작된 이후로
한 번도 걸리지 않았는데 걸렸고 독감은 아주 어
릴 때 말고는 걸려본 기억이 없는데 걸렸다. 내 경
우에 코로나는 지독하게 목이 아팠고 독감은 지독
하게 기침을 한다. 그래도 독감이 밥을 먹을 수는
있으니까 (코로나는 목이 아파서 아무것도 삼킬
수가 없었다) 좀 더 괜찮은 것 같다. 연이어 몸이

좋지 않다 보니 과일을 많이 먹어야 한다는 생각이 들었다.

귤은 식탁 위에 놔두고 언제든 간단히 먹을 수 있어서 좋다. 귤을 씻어두면 좋다고 해서 씻어서 통에 담아 두었다. 귤을 씻어서 먹으니까 왠지 맛이 더 상쾌한 것 같다. 그리고 언젠가 제주도의 한적한 길을 걸었던 적이 있는데 그때를 생각하며 먹으면 더 맛있게 먹을 수 있다. 어디였는지 기억은 잘 안 난다. 그 길을 걷는 동안 귤나무들을 많이 구경했다. 귤이 정말 맛있어 보여서 침이 고였다. 제주도는 햇볕에서도 귤 맛이 났다. 마트에서 사 온 귤이지만 그 제주도 기억을 곁들이면 적어도 1.5배는 맛있어진다. 귤이.

아무튼 이번 겨울은 내내 몸이 좋지 않아서 귤을 많이 먹고 있다. 다른 과일에 비해 비싼 가격도 아니고 겨울에 굴이 많이 나오니까 겨울에 아프면 자연스럽게 굴을 찾는 것 같다. 한 번에 너무 많이 먹으면 오히려 안 좋다고 하던데, 생각 없이 먹게 된다. 그러다 보면 내 앞에 한가득 귤껍질이 쌓인다.

일도 계속 밀려서 한가득 쌓여있다. 작년 여름에는 의욕이 넘쳤던 것 같다. 여름에 의욕적으로 시작해 놓은 일들을 겨울에 겨우겨우 하고 있다. 그래도 해야 할 일 중에 하고 싶은 일들이 대부분이라 기분은 괜찮다. 비실비실한 몸으로 하고 싶지 않은 일까지 잔뜩 해야 하는 상황이었다면 잔뜩 인상을 쓰고 이불 속에 있을 수 있을 만큼 최대한 웅크리고 있었을 것이다.

달력을 보니 새해가 시작되고 벌써 7일이나 지났다. 건강이 좋지 않아 새해를 힘차게 시작하지 못했지만 오히려 차분하게 시작하는 것도 좋은 것 같다. 전기장판 위에서 이불을 덮고 기침만 하고 있었어도 새해는 저절로 찾아왔다. 간단히 TV만 켜두어도 새해 복 많이 받으시라는 인사를 유명인들이 심심찮게 해주었다.

달력은 새해를 맞아 아내가 사 온 달력이다. 작년에 샀던 곳에서 올해도 샀다. 왠지 소소한 전통(?)이 될 것 같은 느낌이다. 별일이 없다면 내년에도 같은 곳에서 달력을 주문할 것이다.

우리는 매달 1일이 되면 달력에 '이달의 표어' 같은 걸 적어둔다. 결혼을 하고 매달 그렇게 하고 있다. 달력의 여백에 이달의 표어를 잘 보이게 적어두면 왠지 묘하게 그렇게 적어둔 대로 되어 간다는 느낌이 든다(꽤 효과가 있다). 새해가 되고 우리는 식탁에서 한 개, 두 개, 귤을 까먹으며 이번 1월의 표어를 '계획적이고 안정적인 생활'로 정했다. 아닌 게 아니라 올해는 정말 마음먹고 계획적인 인간이 되어볼 생각이다. 계획만 세우면 몸이 안 좋아지는 내가 할 수 있을까 싶지만, 코로나에 독감이 연이어 걸린 것도 이제 차근차근 일을 해 볼까, 하고 계획을 세운 직후라는 걸 생각해 보면 과연 가능할까 싶지만, 여차저차 계획을 잘 세우고 잘 실천하면 생활도 안정되지 않을까? 하는 생각으로 일단 1월만큼은 그렇게 지내보기로 했다. (계획적인 인간이 아닌 내가 잘 실천하지도 못할 계획을 자꾸 세우는 건 왠지 불안을 잘 느끼는 성격이라 그런 것 같다.) 그리고 세 개, 네 개, 귤을 까먹으며 종이에 새해 소원도 적었다. 나는 '건강하고 글 잘 쓰고 책 잘 팔기'라고 적었고 아내도 소원을 적었다. 'ㅇㅇ ㅇㅇ'. 네 글자. 아내의 소원은 짧고 단호했다. (프라이버시이기도 하고 소원이기도 하니까 굳이 밝히지는 않겠습니다.)

다섯 개, 여섯 개, 귤을 먹다가 한 박스를 3일이 안 되어서 다 먹었다. 이제 또 사러 가야 한다.

겨울 마트에는 언제나 귤이 있다.

좁은 욕조 안에서

　　　　나는 수면 밖으로 얼굴을 내밀고 좁
은 욕조 안에서 따뜻하고 불편하게 있었다. 아주
작은 웅덩이에 겨우 혼자 사는 개구리처럼. 그 개
구리가 어떤 생각을 하며 사는지 내가 알 수는 없
겠지만 그러고 있으니까 어쩐지 알 것도 같았다.
그걸 말로 하기 어려워서, 나는 개굴개굴했다. 개
굴개굴. 좁은 욕조 안에서.

몇 년 전 겨울에 자전거를 타다가 넘어져서 손목을 다친 적이 있었다. 2주일 가까이 제대로 손목을 쓰지 못했었는데 그때 나는 알게 되었다. 내가 하는 이 일, 가내수공 독립출판은 '가내수공'에 더 초점이 맞춰져 있다는 것을.

손목을 다치니까 책을 만들 수가 없었다. 만들어 놓은 책이 없어서 서점에 책을 보낼 수도 없었다. 그때 처음으로 집에서 책을 만들지 말고 인쇄소에서 책을 만들어 볼까 진지하게 생각했었다. 그러지 않았지만.

그리고 글씨를 쓸 때 나는 오른손을 쓰는데 오른손을 다치는 바람에 글을 쓰는 일도 어려웠다. 왼손으로 써봤는데 너무 불편해서 그만두었다. 노트북 자판으로도 쓰기 힘들었다. 망연자실해서 2주일 동안 거의 아무 일도 하지 못했다. 나는 매일 책을 만들어서 서점에 보내는 게 일상인데, 그걸 하지 못하게 되니까 마음이 쓰여서 제대로 쉴 수도 없었다. 또 이런 일이 생기고 그럴 때마다 1주일, 2주일을 아무것도 못한다면 직업적으로 가내수공 독립출판을 하는 데 꽤 문제가 생길 것이었다.

교훈을 얻고 조심하며 살고 있기 때문에 그 이후로는 책을 만들 수 없을 정도로 몸을 다치는 일은 없었다. 심한 감기몸살에 걸렸을 때 말고는 거의 매일 책을 만들고 있다.

꼭 그런 건 아니지만 나의 경우 대체적으로 봄과 가을에는 주문이 많지 않고 겨울은 보통이고 여름에는 주문이 많이 들어오는 편이다. 계절별로 책이 나가는 양이 다르기 때문에 평소에 여유를 갖고 여분의 책을 만들어 두는 것이 좋겠다는 생각이 들어 그렇게 하는데 어쩐지 쉬운 일이 아니다.

사실 나는 내가 어째서 굳이 책을 집에서 손으로 만들고 있는지 잘 모른다. 처음 5권을 집에서 만들었을 때 이렇게 오래 이러고 있을 줄은 몰랐다. 집에서 손으로 만든다는 점이 내가 만드는 책의 정체성, 이라고 하면 괜히 심각해지니까 그렇게 생각하고 싶지는 않다. 그러니까 그저 할 수 있으니까 하고 있는 게 아닐까 싶다. 책 주문이 없어서 다른 곳에 관심을 가지려고 하면 주문이 들어오고, 또 주문이 너무 많아서 손으로 만들 수 없는 수준이 되면 일하는 방식을 바꿔볼 텐데 아직까지는 그런 것도 아니다. 그래서 이 일(독립출판)을 이렇게(가내수공으로) 하고 있는 것 같다. 앞으로 상황이 바뀌면 이것저것 상황에 맞게 바꿔야 하겠지만.

그리고 책 만드는 일은 단순하고 반복적인 작업이기 때문에 혼자 작업 책상에서 이런저런 생각을 하기에도 좋고 아무 생각도 하지 않고 있을 수도 있다. 옆에 메모지를 두고 글로 쓰고 싶은 생각이 떠오르면 간단히 적어놓는다. 심심하면 영화나 드라마를 보면서 만들어도 되고 음악을 들어도 된다. 여가생활과 일을 같이 할 수 있다. (그래서 여가생활만 하기가 힘들다는 단점이 있다.) 그리고 일하는 시간도 내 마음대로 정하면 된다. 너무 늦지 않게 서점에 책만 보내면 별문제 없이 자유롭게 할 수 있는 일이다. 망망대해 아주 작은 섬 같은 일이지만, 온전히 내 섬이고 내 일이다.

나는 내 일이 좋다. 그렇게 만드는 내 책들도 좋아한다. 그 책들을 좋아해 주는 사람들을 발견하면 정말 기쁘다. 그래서 다치지 않고 아프지 않고 꾸준히 글을 쓰고 책을 만드는 것이 지금 내가 갖고 있는 유일한 목표다.

끝

연천역에 와보고 싶어서 연천역에 왔다. 지하철 1호선 연천역은 2023년 12월에 개통되었다. 그 전 지하철 1호선은 소요산역이 마지막 역이었는데 작년 12월 이후부터는 연천역이 마지막 역이다. 나는 (몇몇 이유로) 지하철을 그다지 좋아하지 않지만, 종착역에 가보는 건 좋아한다. 종착역은 다른 역에 비해서 사람들이 많지 않아서 마음이 편하다. 한편으로 쓸쓸하기도 하지만 사람이 많고 복잡해서 신경 써야 할 게 많은 것보다는 그게 더 낫다. 그리고 종착역에 가면 여정의 끝을 볼 수 있고, 또 시작을 볼 수 있다. 끝은 또 다른 시작이라는 걸 알게 한다. 연천역에 도착한 열차에서 사람들이 내리면, 잠시 머물렀다가, 출발하려는 사람들을 태우고 열차는 인천으로 향한다. 도착하고, 다시 출발하고…… 그 종착역의 정경을 보고 있으면 왠지 모르게 다시 해보고 싶어진다. 힘이 들고 어려워서 외면하고 있었던 일들, 겁이 나고 긴장이 돼서 못 해보고 있었던 일들을.

　날씨가 좋은 오후 1시 무렵의 연천역은 한산했다. 연천역에 처음 와보는 건 아니었다. 예전에 연천 지역에서 군 생활을 해서 휴가를 오갈 때 기차를 타려고 종종 들렀던 곳이다. 기억이 가물가물하지만 몇몇 장소들은 기억이 났다. 이것저것 물품을 사던 가게와 빵집, 급수탑, 그리고 지금은 관광안내소가 된 옛날 역사가 남아있었다. 일요일

점심마다 국수를 주던 성당도 여전히 있었다. 주변 풍경이 생각보다 많이 변하지는 않았지만 꽤 변한 것도 같았다. 예전에는 휑해 보였는데 이제는 한적하고 단정해 보였다. 1호선 지하철이 새로 개통돼서 그런지 새로 카페 건물을 짓고 있는 곳도 있었고 도로와 인도가 잘 정비되었고 역에서 멀지 않은 곳에 신축 아파트도 있었다. 널찍한 도로 양옆으로 늘어선 가로수들도 아름다웠다. 군 생활을 할 때는 마음에 여유가 없고 긴장을 해서 그랬는지 역 근처를 느긋하게 둘러볼 생각도 못 했던 것 같다. 빵을 사 먹거나 얼른 가게에 가서 필요한 물건들을 사느라 바빴다. 빵집 앞을 지나면서, 군용 물품들을 파는 가게 앞에 서서, 나는 예전의 나를 떠올렸다. 말도 안 되지만 시간 여행 같은 걸 해서 그때의 나에게 앞으로 너는 이렇게 지금의 내가 된다고 말을 해주면 예전의 나는 어떤 표정을 지을까. 도망갈 것 같다. 긴장하며 얼버무리고,

속으로는 미친 사람이다, 하면서.

그런 상상을 하며 연천역 앞을 돌아다녔다.

점심으로는 햄버거를 사 먹었다. 휴가를 나오면 제일 먼저 햄버거를 먹었었다. 그때보다 맛있지는 않았다. 이제는 별로 맛있는 게 없다. 군대에 있을 때는 사탕 하나에 미쳤었다. 사탕이 너무 맛있어서 말이다. 행군 중에 먹었던, 깨물면 과즙이 터져 나오는 썬키스트 오렌지 맛 사탕이었다. 그 맛은 절대 잊을 수가 없다. 그런데 제대를 하고 나서 시간이 지나 몇 번 먹어 봤는데 그 맛이 아니었다. 별로 맛있지 않았다.

제대를 하고 집에 가려고 연천역에 왔을 때는 '이곳도 이제 끝이구나.' 생각했었다. 정말 그때는 앞으로 다시는 연천역에 오지 않을 거라고 당연하게도 그렇게 생각했다. 그런데 여차저차 시간이 지났고 어쩌다 보니 다시 왔다. 아무런 볼일도 없지만 다시 와보고 싶었다. 1호선 연천역이 새로 개통되었고 종착역이기도 하니까 와보고 싶었던 것인데, 어쩌면 제대를 하고 집에 가던 날 내가 마주했던 그 '끝'에 다시 와보고 싶었던 건지도 모른다.

연천역에서는 거의 1시간 간격으로 열차가 출발한다. 아무런 볼일도 없이 오기는 했지만 2시간쯤 있으니까 정말 할 게 없어서 열차 출발 시각을 확인하고 맞춰서 열차에 탔다. 이제는 연천역에 아무 때나 와서 마음대로 있다 갈 수 있으니까, 끝이라는 생각은 들지 않았다. 다시 시작하는 마음이 생겼다. 집에 돌아가면 늘 하던 일을 하며 비슷한 일상을 반복하겠지만 예전의 내가 마주했던 끝을 만나고, 돌아오는 열차 안에서 나는 새로운 마음 하나가 시작되었음을 느낄 수 있었다. 그것이 무엇이 될지 당장은 알 수 없겠지만 새로운 마음이 시작되는 건 언제나 반가운 일이다.

잠깐의 꿈속에서(좋은 꿈)

　　　　　수면내시경 검사를 할 때 좋은 꿈을 꾼다는 말을 들은 적이 있다. 무슨 꿈을 꿀까? 건강검진을 하는 날, 나는 검진 센터 침대 위에 눈을 감고 왼쪽으로 돌아누워 있었다. 누군가 천천히 크게 숨을 쉬라고 해서 그렇게 했다. 혹시 잠이 들지 않으면 어떡하지?에서 혹시, 두 글자만 머릿속으로 떠올렸던 것 같다. 혹시……, 나는 잠이 들었다. 중력을 잊고 우주 속으로 빨려 들어가는 느낌이 들었다. 내가 작은 점들로 잘게 나뉘어서 사라지는 느낌이 들었다. 그러고 나서 곧 달그락 달그락하는 소리가 들렸다. 나는 마치 저녁 식사를 준비하는 가정집 부엌에 숨어든 생쥐처럼 경계하며 한쪽 눈을 3분의 1만 뜨고 몇 초간 주위를 살폈다. 주위는 회색 커튼으로 가려져 있고 위를 올려다보니 희고 동그란 병원 천장 불빛이 보였다. 나는 검진 센터 회복실 침대 위에 있었다. 마취에서 깨어났다.

검진 센터 사람들이 잠이 든 내 위장을 부풀려 구석구석 살펴보는 동안에 나는 꿈속에 있었다. 별다른 내용 없이 평범한 꿈이었다. 나는 아내와 일상적인 대화를 하며 마주 보고 편한 자세로 우리 집 부엌 식탁 의자에 앉아 있었다. 무슨 말들을 했는지 기억이 나지 않지만 평소에 했던 말들을 했던 것 같다. 꼭 말하지 않아도 되고 그저 지나가도 되는 익숙한 풍경 같은 말들, 언젠가 두 번

세 번 했었던 말들 말이다. 수선스럽지 않고 편안한 꿈이었다.

마취에서 깨고 정신이 돌아오기를 기다리는 동안 나는 그사이 꾸었던 잠깐의 꿈에 대해 생각해 보고 있었다. 좋은 꿈을 꾼다고 해서 비현실적이고 특별한 꿈을 꿀 것 같았는데, 그런 건 아니었다. 복권 번호라도 알려주려나? 했는데 그런 것도 아니었다. 그저 아내와 편안하게 집에 있는 꿈을 꿨다. 잠깐의 꿈속에서, 시간은 아마도 점심을 먹고 부엌 식탁에서 함께 커피를 마시는 오후 1시였을 것이다.

정신이 거의 돌아와서 나는 침대에서 내려왔다. 약간 휘청했지만 곧 괜찮아졌다. 슬리퍼를 한 짝 신지 않았었지만 곧 찾아서 신었다. 덩치가 큰 사람이 와서 "벌써 내려오세요?" 했다. 나는 괜찮다고 했다. 잠시 대기실 의자에 앉아 있으라고 해서 앉아 있었다. 잠시 후 내 이름을 부르길래 가봤다. 직원이 검사 결과에 대해 내게 알려주었다. 문제가 있는 곳들이 있기는 했지만 큰 문제는 아니었다. 그는 내게 몇 가지 주의 사항을 알려주었고 그런 것들을 주의하면 괜찮을 거라고 했다.

　　검사를 마치고 옷을 갈아입고 밖으로 나왔다. 아내가 기다리고 있었다. 그럭저럭 나는 괜찮다고 아내에게 말해주었다. 그리고 수면내시경을 하는 동안 꾸었던 꿈을 말해주었다. 수면 내시경을 하면 좋은 꿈을 꾼다고 하던데, 그냥 우리 집에 평소처럼 둘이 있었다고. 내 꿈 얘기를 듣고 아내가 말했다.

　　"좋은 꿈이네."

김종완

작가소개

독립출판물 <김종완 단상집 시리즈>를 만듭니다. 소설과 수필을 씁니다.

집에 있는 걸 좋아합니다.

좋은 꿈

좋은 꿈
STORAGE BOOK & FILM series #18

글 **김종완**

편집 **오종길**
디자인 **김현경**

펴낸곳 **STORAGE BOOK AND FILM**
홈페이지 **storagebookandfilm.com**
이메일 **juststorage.press@gmail.com**
instagram **@storagebookandfilm**

ISBN **979-11-985604-3-8**

초판 1쇄 **2024년 9월 5일**